こどものための
マクベス
Macbeth
For Kids

ロイス・バーデット　Lois Burdett

鈴木扶佐子 訳

Art Days

Shakespeare Can Be Fun! Macbeth For Kids by Lois Burdett
Copyright © 1998 by Lois Burdett. All rights reserved.
Published by arrangement with Firefly Books Ltd., Richmond Hill, Ontario, Canada
through Tuttle-Mori Agency, Inc., Tokyo

はじめに

　与えられた課題に挑み、みごと目標を達成する生徒たち。小学校の教壇に立つ私は、その姿を毎日驚きの目で見つめています。カナダ、オンタリオ州ストラットフォードのハムレット・スクール2年生を担任する私は、生徒たちの子供らしい素直さ正直さに、日々感動をおぼえずにはいられないのです。

　私がシェイクスピアの作品を授業に取り入れるようになってから、はや20年以上がたちました。私の生徒たちにとって、シェイクスピアは近寄りがたい大詩人ではありません。一人の親しい友だちです。作品はどれも胸をわくわくさせてくれる楽しいお話です。まちがっても、いやいや取り組まなければならない勉強ではないのです。いっぽう私にとってシェイクスピアは、目標に到達するための手段だといえましょう。シェイクスピアの生き方と作品は、子供たちの言語の発達を促すための効果的な手段となっています。

　本書は、私と生徒たちが続けてきた活動のまとめです。本文は子供たちが特に喜ぶ韻文でまとめ、挿絵としてハムレット・スクールの2年から6年の生徒たちの絵を添えました。下の文は私のクラスの2年生が書いたものです。大人の手はいっさい加えていない子供が書いたそのままの文章。これをお読みいただければ、登場人物や作品のもつ道徳感に対し子供の理解力がどれほど深いものかお分かりいただけると思います。この文を書いた7歳のアレックスは、だれよりも『マクベス』という作品の真髄をつかんでいるのではないでしょうか。

　　　カナダ・オンタリオ州ストラットフォードにて

　　　　　　　　　　　　　　　　　　　　　ロイス・バーデット

　マクベスには名誉と血と槍と剣のことばかり出てきます。でも中心は権力のことだと思いました。さいしょ、マスベスは国をまもろうとする良い人でした。でも、もっと強く、もっとえらくなりたいと思いはじめて止まらなくなり、さいごにはきょうぼうな人になってしまいました。

　　　　　　　　　　　　　　　　　　　　　2年　アレックス

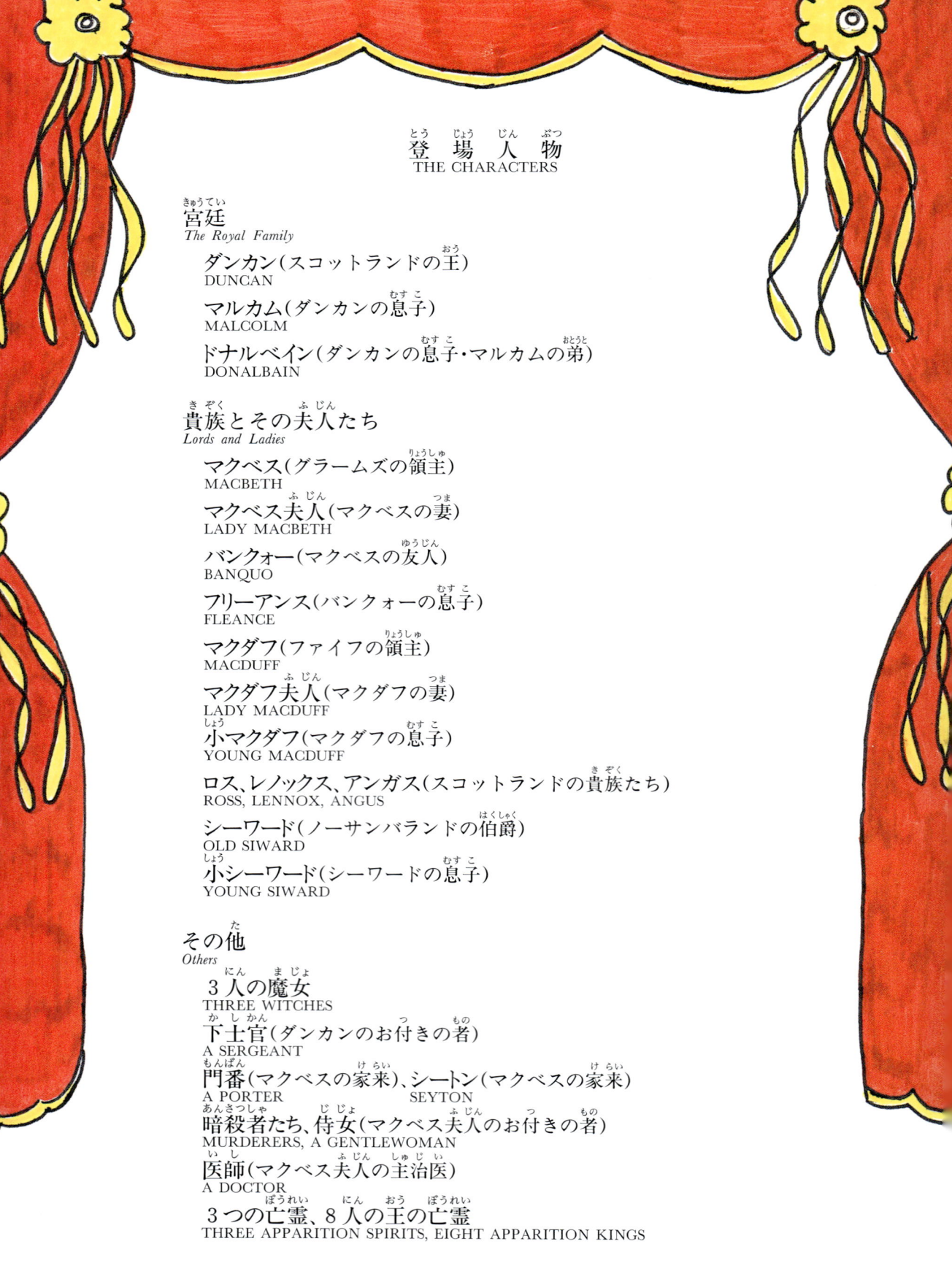

登場人物 THE CHARACTERS

宮廷 The Royal Family

ダンカン(スコットランドの王)
DUNCAN

マルカム(ダンカンの息子)
MALCOLM

ドナルベイン(ダンカンの息子・マルカムの弟)
DONALBAIN

貴族とその夫人たち Lords and Ladies

マクベス(グラームズの領主)
MACBETH

マクベス夫人(マクベスの妻)
LADY MACBETH

バンクォー(マクベスの友人)
BANQUO

フリーアンス(バンクォーの息子)
FLEANCE

マクダフ(ファイフの領主)
MACDUFF

マクダフ夫人(マクダフの妻)
LADY MACDUFF

小マクダフ(マクダフの息子)
YOUNG MACDUFF

ロス、レノックス、アンガス(スコットランドの貴族たち)
ROSS, LENNOX, ANGUS

シーワード(ノーサンバランドの伯爵)
OLD SIWARD

小シーワード(シーワードの息子)
YOUNG SIWARD

その他 Others

3人の魔女
THREE WITCHES

下士官(ダンカンのお付きの者)
A SERGEANT

門番(マクベスの家来)、シートン(マクベスの家来)
A PORTER   SEYTON

暗殺者たち、侍女(マクベス夫人のお付きの者)
MURDERERS, A GENTLEWOMAN

医師(マクベス夫人の主治医)
A DOCTOR

3つの亡霊、8人の王の亡霊
THREE APPARITION SPIRITS, EIGHT APPARITION KINGS

Elly Vousden (age 7)

むかしむかしのお話をしましょう。
悩み、苦しみ、悲しみの物語。
憎しみと野望に満ちた芝居。でもその中に
大切な教訓があるのです。
さあ、みなさんゆっくりと、わたしの話を聞いてください。
激しく燃え上がる人間の思い。その思いをおさえきれなくなった時、
いったい何がおこったのでしょうか。

I have a story from long ago,
A tale of misery, heartache and woe.
My play is glutted with hatred and greed,
And has a moral we all should heed.
So sit back my good friends, and I will unfold
A saga of passion that went uncontrolled.

ℓ.2 misery 苦しみ heartache 深い悲しみ woe 悲しみ 3 is glutted with 〜で満ちあふれる hatred 憎しみ greed 欲ばり, 貪欲 4 moral 教訓 heed 心にとめる 5 sit back (いすに)ゆったりとすわる unfold だんだんと明らかにする 6 saga 武勇伝, サガ passion (愛,憎しみ,怒り,欲望,悲しみ,よろこびなどの)強い感情 go(went) 〜の状態になる uncontrolled おさえられない

それでは遠いむかしのスコットランドへ、みなさんをご案内いたしましょう。
この国ではどこもかしこも、激しくむごたらしい戦いばかり。
ノルウェイという国の軍隊が海をこえて攻めてきたのです。
スコットランドの人たちは国を守るために必死で戦っています。
空は煙と炎で厚くおおわれ、
けたたましい戦いのさけび声が空中にとどろきます。
大地さえもこわがってふるえだすほど。
恐ろしさに生きた心地もしない光景です。

I convey you to Scotland of yesteryear,
A place locked in combat, cruel and severe.
A country called Norway sent troops 'cross the sea.
The Scottish fought back to keep their land free.
Smoke and fire thickened the skies;
The air thundered with fierce battle cries.
The very ground shuddered with fright;
It really was a dreadful sight.

Matt Charbonneau (age 9)

ℓ.1 convey 運ぶ yesteryear 過ぎさった年 2 locked in ～にとりまかれた combat たたかい cruel 悲惨な severe 激しい 3 called という名の troops 軍隊 'cross the sea = across the sea 海をこえて，海外へ 4 the Scottish スコットランド人 fight(fought) back くい止める keep ～ free ～を自由な状態にしておく 5 thicken 濃くする 6 thunder (雷のような)大きな音をたてる fierce すさまじい battle 戦争 7 the very ～ ～でさえ shudder ゆれる with fright こわがって 8 dreadful 恐ろしい

兵士たちが剣と盾で戦っている、ちょうどそのころ、
はるか遠くの野原に灰色の影が現れました。
「いつまた3人で会おうかね？
雷、稲妻、雨の中？」
「戦のどたばたおさまって、
戦の勝負がついたとき」
「そりゃ、生きるか死ぬかの
大問題。
それなら、あそこでマクベス
をひとつ待ちぶせしようじゃ
ないか」
「良いは悪い。悪いは良い。
よどんだ霧空、飛んでいこう」
それから3人の魔女は目をぎ
らつかせ、こぶしをふり上げ、
暗くどんよりした霧の中に姿を消しました。

Kate Vanstone (age 10)

As the men battled with sword and shield,
Grey shadows appeared on the distant field.
"When shall we three meet again?
In thunder, lightning or in rain?"
"When the hurlyburly's done.
When the battle's lost and won."
"It is a matter of life and death,
And there we shall meet Macbeth."
"Fair is foul and foul is fair.
Hover through the fog and filthy air."
Then they raised their fists, their eyes ablaze,
And vanished into the gloomy haze.

ℓ.1 As ～ ～するときに　battle 戦う　sword 剣,刀　shield 盾(敵の刀、矢などから身をまもる板)　2 appear 現れる　3 shall we ～ しようではないか　4 thunder 雷　lightning 稲妻　5 hurlyburly 大騒ぎ　hurlyburly's done = ～ is done 終わる　6 lose(lost) 負ける　win(won) 勝つ　7 a matter of life and death 重大問題　death 死　9 fair 正しい,天気の良い,美しい　foul 不正な,天気が悪い,汚い　10 hover 空を舞う　filthy よごれた　11 raise 上げる　fist にぎりこぶし　ablaze かがやいて　12 vanish 消える　gloomy うす暗い　haze もや,かすみ

そこからさして遠くない場所で、ダンカン王がやきもきしながら歩きまわっています。
王はなにやら心配顔。
苦しみにたえかねて王はさけびます。「ああ、いったいスコットランドはどうなるのだろう。戦の新しい報告はないのか？」
ダンカン王の息子、マルカムとドナルベインも戦いの状況が気になっています。
２人は父王を支えるために、そばに付添っているのです。
そこへ１人の兵士がよろめきながらやってきて、最新情報を報告します。
「この血だらけの男は何者だ？」
ダンカン王はさけびます。
「この男です。わたしを救ってくれたのは」マルカムが答えます。

Kate Vanstone (age 10)

Not far away, King Duncan did pace;
A worried look upon his face.
He cried out in anguish, "What is Scotland's fate?
Is there news of the battle that you can relate?"
Malcolm and Donalbain, the sons of the king,
Wondered too, how the action did swing.
They were with their father to lend their support
When a soldier staggered in with the latest report.
"What bloody man is this?" King Duncan cried.
"It's the sergeant who saved me!" Malcolm replied.

ℓ.1 did ＊強調 pace 歩きまわる 2 worried 心配そうな look 目つき,顔つき 3 in anguish ひどく苦しんで fate 運命 4 relate 話す 6 wonder 〜かなと思う action 戦い swing (立場などが)ゆれ動く 7 lend (their) support 助ける 8 stagger in よろよろと入ってくる latest 最新の 9 bloody 血だらけの 10 It's the sergeant 〜 = The sergeant saved me. ＊sergeantを強調 sergeant 下士官 reply(replied) 答える

兵士はやつれて弱りきったようす。頭に傷を負っています。
「はじめは、わが軍に勝利の見込みがありませんでした」
兵士は重苦しい声で話しはじめます。
「敵はわが軍より兵の数が多く、
新鮮な食糧も十分たくわえておりました。
味方の兵士たちが、うめき声をあげながら次々に
死んでいき、その声がこだまして、戦場はなんとも
おぞましい空気に包まれておりました。
ところがそこへ進み出たマクベス。高々と剣を
ふりかざし攻めこんでいきました。
戦の不運などものともせずに天に向かって悪態をつき、
マクベスは戦場をかけめぐりました。
スコットランドの名誉を守るためにマクベスは大活躍。
多くのノルウェイ兵がマクベスの剣にたおれ、
その結果、ノルウェイ王スウィーノーも降参せざるをえませんでした。
そういうわけで、あの荒れ野の戦いでわが軍は勝利をおさめたのです。
ところで、わたしはもう気絶しそうです。傷の手当てをしてほしいのですが」
「急げ！」と王がさけびます。「この者を早く医者に見せろ」

The Sergeant

Katie Carroll (age 7)

The soldier looked gaunt, with gashes to his head.
"Our victory was doubtful," he solemnly said.
"They outnumbered us and had fresh supplies.
The clammy air echoed with our dying cries.
Then in marched Macbeth, his sword held high.
He crossed the field, shouting curses to the sky.
For Scotland's honour he fought so well.
Before him many Norwegians fell,
And Sweno, their king, was forced to yield.
Then triumph was ours on that barren field.
But I am faint. My wounds cry to be seen."
"Quick," shouted the king, "let surgeons intervene."

l.1 gaunt やつれた　gash 深い切り傷　2 victory 勝利　doubtful 疑わしい　solemnly 重々しく　3 outnumber ～より数が多い　supplies 貯えてある食べ物　4 clammy ぞっとするような　echo (音が)反響する　5 in marched Macbeth = Macbeth marched in.　march 進んで攻め入る　his sword held high = his sword being held high　6 curse ののしりの言葉　＊ここでは不運を恐れぬことをさす　7 for ～'s honour ～の名誉のために　8 Norwegian ノルウェイ人　9 was forced to yield 降参しないわけにいかなかった　10 triumph 勝利　barren やせた(土地)　11 faint 気が遠くなりそうな　wound 傷　cry to (be seen) ～してくれと泣く　12 shout さけぶ　let ～ (人に)～させる　surgeon 外科医　intervene 仲裁する

兵士が足をひきずりながら去ると、入れちがいにロスがやってきます。
戦のさらなる報告と裏切り者が出たことを知らせにきたのです。
「ダンカン王、わたしはファイフの戦場からまいりました。
ファイフでは多くの勇ましい兵士が命を落としました。
勝利はおぼつかないと思われました。なにしろ敵は大軍ですから。
そしてコーダー領主の行方がつかめませんでした。
じつはコーダーの領主はむほんをおこし、
ノルウェイ軍に寝返ったのです。
われわれを裏切ったコーダー領主は、
恥知らずな男です」

King Duncan

As the soldier limped off, in came worthy Ross
With more news of the combat and a double-cross.
"King Duncan, I come from the battle at Fife
Where many a brave soldier lost his life.
The struggle seemed hopeless; their numbers were great,
And the Thane of Cawdor, we could not locate.
For he was a traitor and joined Norway's side.
Treachery and treason took away his pride.

Kate Vanstone (age 10)

ℓ.1　limp off 片足をひきずりながら去る　in came ～ = Worthy Ross came in.　worthy 尊敬すべき ＊人名や官職の前につける敬称　2　double-cross 裏切り　4　where ＊前の行のFifeにかかる　many a たくさんの　5　struggle 激しい戦い　6　thane 領主　locate 居場所をつきとめる　7　traitor 裏切り者　8　treachery 信頼を裏切る行い　treason 裏切り　take(took) away とりのぞく

ロスの話は続きます。「しかしグラームズの領主マクベスは、
まことにもって見上げたもの。
今回の激しい戦において、マクベスの戦いぶりはあっぱれでした。
マクベスは軍勢を寄せ集め、ひるむようすも見せません。
わが軍の勝利が確実になったのは、マクベスの勇気のおかげです」
ダンカン王は命じます。「コーダーの領主に死刑を申しわたせ！
『コーダーの領主』という称号はマクベスに与える。さあ、早く
マクベスを出むかえて、『コーダーの領主』と呼んでやれ」
「かしこまりました陛下。おおせの通りにいたします」
「コーダーの領主が失ったものを、
気高く汚れなきマクベスが手にしたのだ」
王は言いました。

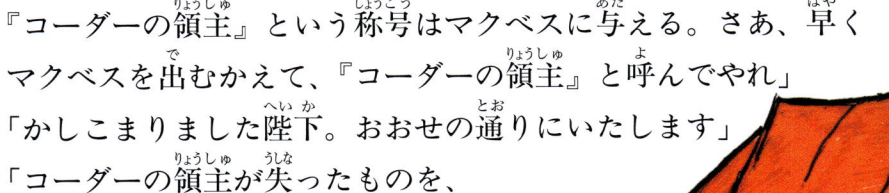

But your thane of Glamis should be held in esteem.
In this terrible struggle, Macbeth was supreme.
He rallied his troops and he showed no fear,
Because of his bravery, our victory was clear."
King Duncan decreed, "Pronounce Cawdor's death!
With his former title, go greet Macbeth."
"Yes, my lord. I'll see it done.
"What Cawdor has lost, noble Macbeth has won."

Jonathon Baumunk (age 8)

ℓ.1 be held in esteem 尊敬される 2 terrible 恐ろしい supreme 最高の 3 rally(rallied)（ふたたび）寄せ集める troop 軍隊 4 because of ～ ～のために bravery 勇ましさ clear 明らかな 5 decree 命ずる pronounce ～'s death 死刑を申しわたす 6 go greet = go and greet 7 lord 閣下（呼びかけの言葉） see ～ done ～するように取りはからう 8 lose(lost) 失う win(won) 勝ち取る

所はかわって、ここは荒れ野。風がひゅーひゅー吹きすさんでいます。
空気はよどんで重苦しく、鼻をつくにおいがたちこめています。
稲妻が走っては砕け、雷の音がとどろきます。
3人の魔女たちが、冷たい地面にうずくまっています。
「おまえさん、どこへ行ってたんだい？」魔女1が大声でたずねます。
「ブタを殺しに行ってたのさ」と魔女2が答えます。
すると魔女姉妹の3番目が頭をあげて、
ふしくれだった指をゆがめて手を広げます。
「太鼓だ！」魔女3はしわがれ声で
さけびます。「太鼓の音が聞こえるよ。
ほらほら、姉さんたち。マクベスが
来たんだよ」「おまえに3回、
わし3回もうひとつ3回で3 3が9。
しーっ、静かに！　これで魔法が
かかったよ」3人は言いました。
それから魔女たちは、すぐ前の
暗闇にじっと目をこらしました。

Back on the heath, the wind rose to a howl.
The air was heavy; the smell most foul.
Lightning shivered and thunder did sound.
The hags were hunched upon the cold ground.
"Where hast thou been?" the first witch cried.
"Killing swine," the second replied.
Then the third weird sister raised her head,
Her gnarled hands twisted and curled outspread.
"A drum," she croaked, "I hear a drum.
Listen, my sisters, Macbeth doth come."
"Thrice to thine and thrice to mine
And thrice again to make up nine.
Peace! The charm's wound up," they said,
Then peered into darkness straight ahead.

Shannon Campbell (age 9)

ℓ.1　heath 荒れ野　＊ヒースという低木がしげるイングランドやスコットランドの荒野　rise(rose) to (程度,力が)増す　howl (風の)うなり　2　most = very　3　shiver ばらばらにくだける　did sound 鳴る　＊didは強調　4　hag 魔女　hunch 背をまるめる　5　hast = haveの古い言い方　thou = youの古い言い方　6　swine ブタ　7　weird 気味の悪い　8　gnarled ふしくれだった　twist ねじれる　curl よじれる　outspread 広げた　9　drum 太鼓　croak しわがれ声で話す　10　doth = doesの古い言い方　11　thine = yoursの古い言い方　thrice = three times　12　make up 合計が〜になる　13　peace 静かに！　charm まじない　wind(wound) up (時計などの)ぜんまいを巻く　charm's = charm is　14　peer じっと見る　straight ahead すぐ前に

ぬかるみ道に、マクベスの姿が見えてきました。
マクベスは、たけり狂うあらしの中をつき進んできます。
となりにいるのは、マクベスの親友バンクォーです。
「フォレスまであとどのくらいかな」とバンクォー。
そのときバンクォーは急に立ち止まりました。「見まちがえだろうか」
なんと魔女の三姉妹が行く手をふさいでいるのです。
バンクォーは考えます。「おれはだまされているのだろうか。
何者なんだ、あのしわくちゃな、がさつな者たちは？」
マクベスは自分を見つめる氷のような目に、思わずぞっとしました。
「なにか言え！」マクベスはつめよります。「これは命令だぞ！」

MACBETH

Macbeth appeared on the muddy path,
Wrapped in the storm's incredible wrath.
His good friend Banquo was by his side,
"How far to Forres?" Banquo cried.
Then he stopped short, "My eyes do betray."
The weird sisters barred their way.
Banquo wondered, "Am I beguiled?
What are these, so withered and so wild?"
Their icy stare gave Macbeth a chill.
"Speak!" he demanded. "It is my will!"

Julian Hacquebard (age 7)

ℓ.1 appear 姿を現す muddy ぬかるみの path 小道 2 Wrapped in〜 = being wrapped in 〜に取り囲まれて incredible とほうもない wrath 怒り 3 by his side 〜のわきに 4 How far to 〜 = How far is it to 〜 5 short 急に do betray 〜がまちがっているとわかる ＊doは強調 6 bar their way 行く手をふさぐ 7 am beguiled だまされる 8 withered (人, 体が)しわくちゃな 9 stare じろじろ見ること chill (恐れなどで)ぞっとすること 10 demand 要求する will 命令

魔女の姉妹は沈黙をやぶり、1人ずつ立ち上がります。
姉も妹も負けてはいません。
「ばんざい、グラームズの領主。ばんざい！」
3人組のうちの魔女1が、うめくような歓声をあげます。
「ばんざい、コーダーの領主」
魔女2は身をよじるように立ち上がって言いました。
この言葉にマクベスは息をのみます。心臓が
止まりそうです。つづいて魔女3が立ち上がり、
体をふるわせて笑いながら言います。
「マクベスばんざい、未来の
スコットランド王！」
魔女の最後の言葉が、マクベスの
頭の中で鳴りひびきます。
スコットランド王。それはこの世で
手にすることができる最高の位では
ありませんか。

Stephen Marklevitz (age 11)

The silence was shattered as they rose one by one;
None of the sisters would be outdone,
"All hail, Thane of Glamis. Hail to thee!"
The first of the trio moaned with glee.
"Hail, Thane of Cawdor," the next squirmed to her feet.
Macbeth's heart faltered and missed a beat.
Then the third witch rose and quivered with laughter,
"All hail Macbeth, King of Scotland hereafter!"
These words thundered in Macbeth's brain,
What more in life was there to attain?

ℓ.1 silence 無言　shatter そこなう　2 None ～ be outdone 他人に負けない　3 All hail ばんざい！　4 trio 3人組　moan うめく　with glee 歓声をあげて　5 squirm to her feet 身をよじって立ち上がる　6 falter ためらう　miss ぬかす　beat (心臓の)動悸　7 quiver ふるえる　laughter 笑い　8 hereafter これから先　10 attain (地位などを)獲得する

マクベスはキツネにつままれたような顔つきです。
バンクォーが心配そうにマクベスに目をやります。
「こんなにうれしい言葉を聞いて、きみはなぜ
おびえるんだ？ スコットランド王になるなんて、
これ以上の喜びはないだろう？ この化けもの
どもは、ほかの予言もできるのだろうか。
おれの将来はどうなるのかな」
魔女の三姉妹は身の毛もよだつような
おそろしい声でわめきました。
3人はバンクォーをとりかこみ、
「ばんざい！」とさけびます。
「マクベスほどえらくはないが、もっとえらくなる」
1人がつぶやきます。
「マクベスほど幸せではないが、もっと幸せになる」
もう1人が早口で言います。
「国王の先祖になるだろう」最後の1人が
しかめっ面をして言います。
「ただしバンクォーよ、おまえ自身は
王にはなれない」

Banquo

Julian Hacquebard (age 7)

Macbeth seemed lost in a kind of trance.
Banquo gave his friend a worried glance,
"Why, my lord, do you fear words so sweet?
To be King of Scotland would be quite a treat!
I wonder what else these phantoms foresee!
What does the future hold for me?"
The sisters howled a bloodcurdling wail.
They circled Banquo and cried, "All hail!"
"Lesser than Macbeth, but greater," one muttered.
"Not so happy, yet happier," the next sputtered.
"You'll be father to kings," the last said with a frown,
"But Banquo, you'll never inherit the crown!"

ℓ.1 seem 〜であるように見える　lost in 夢中になって　trance 夢心地　2 give 〜 a glance （人のほうを）ちらりと見る　4 quite a 〜 じつに　treat 満足を与えるもの　5 phantom まぼろし　foresee 前もって知る　6 hold 〜のために予定している　7 howl わめきながら言う　bloodcurdling ぞっとさせるような　wail 泣きさけぶ声　8 circle 囲む　9 lesser より小さい(劣った) *littleの比較級　mutter つぶやく　10 sputter ぺらぺらしゃべる　11 father 先祖　frown しかめっ面　12 inherit 受けつぐ　crown 王冠,王位

マクベスはかっとしてどなりつけます。「待て。命令だ。
おまえたちはどこから来た。おい、もっとくわしく話せ。
おれは父の死によりグラームズの領主になった。
だがコーダーの領主は生きている。元気に息をしているんだぞ。
まして、おれが王位につくという話などとうてい信じるわけにはいかぬ。
知ってのとおり、スコットランドの国王はダンカンなのだ。
そんな舌たらずな話しぶりでは、わけが分からぬ。さあ、返事をしろ」
ところが3人の姿は、まるで泡のように大地に溶けてなくなりました。
マクベスはあたりを見まわします。「消えてしまった」
マクベスはマントを体に
しっかり引き寄せました。
魔女たちはほんとうに
そこにいたのでしょうか。

Caitlin More (age 11)

Macbeth bellowed in fury, "I charge you to stay!
From whence did you come? Tell us more, I say!
I am Thane of Glamis, by my father's death.
But Cawdor's thane lives! He still draws breath!
And to be crowned king is beyond belief.
We all know Duncan is Scotland's chief!
You imperfect speakers, a reply I demand!"
But like bubbles they melted into the land.
Macbeth gazed about, "Vanished into air?"
He pulled close his cloak. Had they really been there?

ℓ.1 bellow どなる in fury かっとなって charge 命ずる 2 whence = from where どこから I say おい,ちょっと 4 draw breath 息をする 5 be crowned king 王位につく beyond belief 信じられない 7 imperfect 不十分な 8 bubble あわ melt とける 9 gaze about じろじろ見回す vanish into air 消えうせる 10 close ぴったりと cloak マント

ちょうどその時、2人の使いの者が馬に乗って近づいてくるのが見えました。
2人はマクベスに「おめでとうございます」とあいさつしました。
「勇敢なるマクベス将軍、良い知らせがございます」ロスが手をさしのべます。
「あなたはわが国一の勇者。そして今やコーダーの領主です。あなたは
出世なさったのですよ」アンガスも、その通りだとうなずいて言います。
「国王よりあなたへの感謝の気持ちをお伝えします」
マクベスはぎょっとしました。「まさか2人がこんな知らせを持ってくるとは。
魔女の語った2つの言葉は真実だった。とすれば、おれは国王にもなれるという
わけか？」たちまちにしてマクベスの頭は、良からぬ考えでいっぱいになります。
心臓はまるで早鐘を打つよう。空おそろしさに
胸がふるえます。
考えにふけっていたマクベスは、やがて呪文が
とけたかのように我に返りました。
「いや、失礼した。ちょっとほかのことに気を
とられていたもので。お二方のご親切は
この胸にしっかりと刻みつけます。
それでは陛下のもとへ参るとしましょう」

Just then, two messengers rode into view;
They greeted Macbeth, "Congratulations to you!"
"Glad tidings, brave general," Ross held out his hand.
"You're the greatest warrior in all our land.
And Thane of Cawdor! You've moved up the ranks!"
Angus agreed, "The King sends his thanks."
Macbeth was shocked. "What news they bring.
Two truths are told! Will I also be king?"
Already dark thoughts filled Macbeth's head;
His heart knocked his ribs and filled him with dread.
Then the spell he was under appeared to subside,
"I beg your forgiveness! I was preoccupied.
Dear friends, your goodwill is written on my heart,
And now, to His Majesty, we must depart.

Ashley Kropf (age 10)

ℓ.1 just then ちょうどその時　messenger 使いの者　into view 見えてくる　2 congratulation おめでとう　3 glad tidings めでたい知らせ　general 将軍　hold(held) out (手を)さしだす　4 warrior 勇士　5 move up the ranks 出世する　6 agree 同意する　thanks 感謝　8 truth 真実　9 thought 考え　10 knock 強く打つ　rib あばら骨　dread 恐怖　11 the spell he was under ＊under a spell 魔法をかけられて　subside しずまる　12 beg 〜's forgiveness 人の許しをこう　was preoccupied うわの空で　13 goodwill 親切　14 His Majesty 陛下, 王　depart 出発する

フォレスの宮殿に、国王の入場を告げるファンファーレが鳴りひびきました。
ダンカン王は宮殿の応接室で家来の領主たちを出むかえます。
「勇敢なるマクベス、今回のはたらき、恩に着るぞ。
そなたの勇気ある戦いぶりを、わたしはけして忘れない」
つづいて王は、心をこめてバンクォーを抱きしめました。
喜びの涙がダンカン王のほほを伝います。
王は家来一同に向かって言います。
「さて、それではわたしのあとつぎを発表する」
王の言葉にどきりとするマクベス。脈が急に速くなります。
マクベスはすばやくお祈りをしました。
ところが王は、王子の頭の上に手を置くではありませんか。
「王位をつぐのはわたしの長男だ」とダンカンが言います。
マクベスはめまいをおぼえました。心は鉛のように重くしずんでいきます。
なんと王があとつぎに選んだのは、マクベスではなく
マルカム王子だったのです。
「新カンバーランド公となるマルカム王子がおれの行く手のじゃまになる。
すぐ手を打たなければ。ぐずぐずしてはいられない。
星よ、おまえの輝きをかくせ。
おれの胸深くやどる暗い欲望に光をあてるな」

Later, at Forres, there was quite a fanfare.
Duncan greeted his thanes in his chamber there.
"My brave Macbeth, I am in your debt.
Your gallant deeds, I will never forget."
Then he hugged Banquo in a hearty embrace.
Tears of joy flowed down Duncan's face.
He announced to his court, "And now for my heir!"
Macbeth's pulse quickened; he said a quick prayer.
But the king laid his hand on the head of his son,
"My eldest boy will be the one."
Macbeth felt faint; his heart turned to lead.
Duncan had picked Malcolm instead!
"The new Prince of Cumberland lies in my way;
I must act now! I cannot delay!
Stars, hide your fires!
Let not light see my black and deep desires!"

Macbeth

Rebecca Zehr (age 10)

ℓ.1 quite a ～ ほんとうに(素晴らしい)　fanfare はなやかなトランペットなどの合奏　2 chamber (宮廷などの)応接室　3 in your debt ～に恩義を感じている　4 gallant 勇ましい　deeds 功績　5 hug しっかりと抱きしめる　hearty 心からの　embrace 抱き合うこと　6 tears of joy うれし涙　7 announce 発表する　court 朝廷に仕えている役人　And now for さて次は～だ　heir あとつぎ　8 pulse 脈　quicken 速くなる　prayer 祈り　11 feel(felt) faint めまいがする　turn to lead 鉛のように重く沈んだ心になる　12 pick えらぶ　instead その代わりとして　13 Prince of Cumberland スコットランド皇太子の称号　lie in my way 行く手をふさいでいる　14 act 行動を起こす　delay 手間どる　16 desire 欲望

そのころマクベスの城では、マクベス夫人が部屋の中を行ったり来たり。
暗くゆううつな城の空気が、夫人の心に影を落としています。
戦場に行った夫マクベスから手紙が届きました。
重大なことを知らせる手紙です。
ふしぎな体験をしたと、マクベスは手紙の中で語ります。
そして、とほうもなく名誉な予言の内容をマクベスは説明します。
マクベス夫人は何度も何度もその手紙を読み返しました。
秘密にしなければならないその文面をくりかえし見るたびに、
夫人の心はさわぎます。
「あなたはグラームズの領主、そしてコーダーの領主。
さらに次にはスコットランドの王になるだろう」
おさえきれない野心と心の勢いに、マクベス夫人の胸は高鳴ります。
「でもわたしの夫マクベスは性格がやさしすぎる。それだけが気がかりだわ」
そこへ召使いが新しい知らせを持ってきます。
「国王陛下が今夜ここへ来られます。宮廷の方々もごいっしょです」
「なんと急なこと」マクベス夫人は息をのみました。
「おお、どうかわたしの心が石のように冷たくなりますように。
夫にはなんとしてでも役目を果たさせよう」

Meanwhile, at home, his wife paced the room,
Shadowed by the castle's dreary gloom.
A letter arrived from her husband, Macbeth,
Containing a message of life and death.
Of strange events, Macbeth retold,
And glorious honours he did unfold.
She read the note, again and again,
Thrilling to its hidden refrain.
"Glamis thou art and Cawdor too,
Next, King of Scotland will be you!"
Ambition and power throbbed in her mind.
"And yet I fear my husband's too kind."
Then a servant arrived with more news to report,
"The king comes tonight with friends from his court."
"So soon," she gasped, "Oh harden my heart!
I'll force my husband to play his part."

Amber MaGill (age 9)

ℓ.1 meanwhile いっぽう 2 (being) shadowed ～をゆううつにする dreary 暗い gloom 暗い気分 4 contain ～が入っている life and death 非常に重要な 5 retell(retold) 形をかえて語る 6 glorious 輝かしい honour 名誉となること 7 note 短い手紙 8 thrill(ing) to 感動にふるえる hidden 秘密の refrain くりかえしの文句 9 thou = you の古い言い方 art = are の古い言い方 11 ambition 身分につりあわない大きな望み throb 脈うつ 12 and yet それでも 15 gasp はっと息をのむ harden (心を)冷淡にする 16 force ～ to (play) (人に)むりに～させる play ～'s part 役目をはたす

手紙で約束したとおり、マクベスは自分の城へと急ぎます。
頭に浮かぶのは悩み、苦しみ、迷いばかり。
城に着くや、マクベスは入り口の戸を押し開けます。
長い道のりを馬に乗ってきたので、息が切れてたまりません。一刻も早く妻に会わなければと、マクベスは夫人の部屋へ走っていきます。
「いとしい妻よ。ダンカン王が今晩ここへやってくる」
鋼のように冷たい目をしてマクベス夫人は言います。
「それで王はいつお発ちに？ マクベス、あなたの顔はまるで本のよう。どんな人でもあなたの心の中を読み取れます。すこしは感情を隠してください」
マクベス夫人は夫にたのみます。
「あなたのおっしゃるように、ダンカン王が今晩ここへ来るのなら王は明日の朝日を見ることはないでしょう。
だいじょうぶ、わたしがすべて準備します。
あなたはお客さまの相手をしていればよい。
あとのことは、わたしにおまかせください」

Lady Macbeth

Macbeth hurried home, as he had said.
Disturbing thoughts filled his head.
He burst through the door, breathless from his ride,
Then hastened to her room, to be by her side.
"Beloved wife, Duncan comes this eve."
Her eyes were like steel, "And when does he leave?
You face is like a book, my lord;
You must hide your feelings," she implored.
"If, as you say, he comes tonight,
Duncan will not see the morning light!
I'll arrange it all, I guarantee.
Look after your guest; leave the rest to me!"

Megan Vandersleen (age 9)

ℓ.1 hurry(hurried) 急ぐ 2 disturbing 心をかきみだす 3 burst through the door ドアを押し分けて通る breathless 息を切らした ride (馬に)乗ること 4 hasten 急いで行く 5 beloved いとしい eve 夕方、晩 8 hide かくす implore 熱心にたのむ 11 arrange 手配する guarantee ～すると約束する 12 look after (人の)世話をする leave ～ to (人に)～をまかせる the rest 残り

その日の午後おそく、王の一行はマクベスの城近くまでやってきました。
ダンカン王が言います。「おや、このあたりはなんと美しいのだろう」
バンクォーも同感です。「ここほどすばらしい所はありません。
ツバメさえもこの土地の甘い空気がすきなのです」
城では女主人マクベス夫人が、優雅なしぐさで一行をむかえます。
「わたしどもの所有物は陛下からのお預かりもの。
すべて陛下のものでございます」マクベス夫人は
にこやかに言います。日が落ちるころ、城には
まばゆいばかりに灯がともりました。
松明をかかげた召使いたちが、
せわしげに走り回っています。
なんと豪華な祝いの宴でしょう。
なんと楽しげな光景でしょう。
国王一行は、心ゆくまで酒を
飲み、大いに食べてごちそうを
たいらげます。

By late afternoon, the king's party drew near.
King Duncan remarked, "Why it's beautiful here!"
Banquo agreed, "It's beyond compare!
Even the swallows love the sweet air."
The lady of the house greeted them with style,
"What's ours is yours!" she said with a smile.
As twilight fell, the castle was aglow;
Servants with torches rushed to and fro.
What a great celebration! What a jovial scene!
The court feasted 'til their platters were clean.

Kimberly Brown (age 9)

ℓ.1 draw(drew) near だんだんと近づく 2 remark 述べる Why おや, なんと 3 beyond compare くらべものにならないほど良い 4 swallow ツバメ 5 with style 上品に, 堂々と 7 twilight 夕方 fall(fell) (夜, 季節などが)くる aglow 赤くかがやいて 8 torch 松明 rush 急ぐ, すばやく行動する to and fro あちこちへ 9 What a 〜 (感嘆を表して)なんという〜だろう celebration 祝賀会 jovial 陽気な 10 the court 国王と国王に仕える人々 feast おおいに飲み食いする 'til = until = till 〜まで platter (肉, 魚をもる)大皿

マクベスは宴の場に居たたまれなくなりました。
席を立ったマクベスは、ドアの外へ飛び出しました。
「こんなことが許される道理はない。道理がないというのに、おれには大それた野心と勢いと欲望がある」
マクベスはそんな自分を恥ずかしく思い、
自分が嫌になりました。
「王はこの城に来て、二重の意味でおれを信頼している。
ひとつには、おれが王の親族であり家臣であるから。
ふたつ目に、おれが王をもてなす主人役だからだ。
おれは王の命をできるかぎり守る立場にある。
だが今、おれがしようとしていることは、
王に刃を向けることだ。
おれを味方と信じている人に、
どうしてそんなことができるだろう」

Macbeth couldn't stand it any more;
He rose from the table and rushed out the door.
"There is no reason to do this deed,
Just vaulting ambition, power and greed."
Macbeth was filled with shame and disgust,
"The king is here in double trust!
I'm his kinsman and subject, as well as his host;
I should protect him, to the utmost.
Yet to bear the knife is what I intend.
How could I do this to a friend?"

Julian Hacquebard (age 7)

ℓ.1 stand たえる,がまんする　not ~ any more もはや~しない　3 reason 道理　4 vaulting 思いあがった　greed 強欲　5 shame 恥ずかしさ　disgust 嫌気　6 in double trust 二重の信頼　7 kinsman 親類　subject 家来　as well as ~はもちろん~も　host (客をまねいてもてなす)主人役　8 protect 守る　to the utmost できるかぎり　9 bear (武器などを)身につける　intend ~しようとする　10 How could I ~? よくも~なことができるものだ

すると暗がりの中からマクベス夫人が現れました。
「なぜ急いで部屋から出ていったのです？」
「ダンカン王がおれをほめちぎるからだ」マクベスは辛そうに言います。
「もうこんなことは止めよう」
「そんなにかんたんに」マクベス夫人はけいべつしたように言います。「あなたの決心は鈍ってしまったの？あなたは臆病者よ。ただこわいだけなんだわ。まあ、あなた、そんなに青ざめて、なんて情けない顔つきなの」
「もし失敗したら？」マクベスはもう完全に弱気になっています。
「わたしが護衛たちに一服盛って眠らせるわ。ぜったいにうまくいきます。力を合わせてやりとげるのよ！王が死んだら、わたしたちは嘆き悲しんでみせるのです。そうすれば、王座はあなたのものよ」とマクベス夫人。
「わかった。おまえの言うとおりにして、みなの目をごまかそう。いつわりの心をかくすのは、いつわりの顔だけだ」

Lady Macbeth

Ashley Kropf (age 10)

Then Lady Macbeth appeared in the gloom,
"Why did you hurry from the room?"
"Duncan praises me highly," Macbeth said in despair.
"We'll proceed no further with this affair."
"Already," she mocked, "your resolve does fade?
You are a coward! You're just afraid!
My husband, you look so pitiful and pale."
Macbeth finally weakened, "But what if we fail?"
"I'll drug the guards! We will succeed!
Together, we will do the deed!
After his death, we'll display our grief,
Then my husband, you will be chief!"
"I will do as you ask and put on a show;
False face must hide what the false heart doth know."

*ℓ.*1 gloom うす暗がり 3 praise ほめる highly 大いに in despair 絶望して 4 proceed with (仕事を)続ける further それ以上に affair 事, 一件 5 mock ばかにする resolve 決心 fade 消えていく 6 coward 臆病者 7 pitiful みじめな pale (人, 顔が)青ざめた 8 finally 決定的に weaken 弱気になる what if 〜もし〜だったらどうしよう 9 drug 〜に薬を飲ませて眠らせる guard 護衛 succeed 成功する 11 display (感情などを)表す grief 深い悲しみ 13 put on a show ふりをする 14 false いつわりの doth = does
＊強調

ダンカン王が床についたのは、夜中の12時すぎでした。
マクベスの頭には、とてつもなく暗い考えばかりが浮かびます。
気をとり直そうとマクベスは外に飛び出しました。
そんなことは止めるのだと、マクベスの良心がさけんでいます。
外のうす暗い光の中に、バンクォーと息子がたたずんでいました。
とつぜん現れた人影に、2人はびっくりします。
バンクォーは剣をぬいてさけびます。「そこにいるのはだれだ？」
「味方だ」とマクベスが答えます。「安心しろ」
バンクォーはほっとして言います。「おれはずっと国王のそばにいた。
王からきみの奥方へ大きなダイアモンドの指輪を頂いたぞ。
王のお礼の気持ちだ」
それを聞いてマクベスはぞっとしました。
これから自分が犯そうとしている罪を思ったからです。
「時間さえあったら、国王にもっと十分なもてなしができたのだが」
内心をかくしてマクベスは言いました。
「ところでおれは、魔女姉妹の夢を見たぞ」とバンクォー。
「あいつらのことなど忘れていた」マクベスはうそをつきました。
「そのことについては、いつかまたゆっくり話そう。
今はとにかく休もうではないか。夜もだいぶふけてきた」

'Twas midnight when Duncan retired to his bed.
Morbid thoughts filled Macbeth's head.
He rushed outside to gather his wits,
His conscience screaming to call it quits.
Banquo and his son stood in the dim light,
Macbeth's arrival gave them a fright.
Banquo drew his sword and shouted, "Who's there?"
"A friend," said Macbeth, "Do not despair."
Banquo relaxed, "I've been with the king.
He sends to your wife this huge diamond ring."
Macbeth felt disgust at the thought of his crime,
"We could have done better if we had more time."
"I dreamt of the sisters," Banquo replied.
"I think not of them," Macbeth lied.
"We'll speak on this further, at a later date,
But let's get some rest. It's very late!"

Sophie Jones (age 7)

ℓ.1 retire 床につく　'Twas = It was　2　morbid 病的に陰気な　3　gather his wits 気を落ち着ける　4　conscience 良心　scream （〜するように）さけぶ　call it quits （仕事などを）打ち切りにする　5　dim うす暗い　6　arrival 登場　give 〜 a fright 〜をびっくりさせる　7　draw(drew) （剣を）ぬく　8　despair あきらめる　9　relax 緊張がほぐれる　11　at the thought of 〜ということを考えると　crime よくない行い，犯罪　12　could have done better （もし〜なら）もっとうまくできただろうに　13　dream(dreamt) of 〜の夢を見る　14　lie うそを言う　think not = do not think　15　speak on 〜について話す　at a later date いつかそのうちに　16　rest 休息

マクベスはただ一人、空をみすえてたたずんでいます。
顔に苦しみの表情を浮かべています。
その時、目を疑うようなものがマクベスの前に現れました。
マクベスは思わず後ずさりします。「夢だろうか。自分の目が信じられない」
なんと、べっとり血のついた短剣が空中に浮かんでいるのです。
短剣は曲がりくねって宙を舞い、マクベスをあざけります。
マクベスは短剣めがけてつっこんでいきました。
でも剣は指をすりぬけてしまいます。
「ああ、おれは一体なにをしようとしているのか。
この見せかけだけの作り物。これはなんだ。わけがわからぬ。
おれの頭はこのまぼろしの剣に、思いのままあやつられている。
いや、こんなことは言うだけ無駄だ。やるべきことはやらねばならぬ。
いたずらに言葉をならべたてれば、決心がにぶるだけだ」

Ashley Kropf (age 10)

Ashley Kropf (age 10)

Macbeth stood alone and gazed into space;
A tormented look came over his face.
He saw a sight he couldn't believe,
And staggered back, "My eyes do deceive!"
A blood-stained dagger hung in midair,
Twisting, turning and taunting him there.
He lunged for it, yet his fingers passed through.
"Oh what in the world am I to do?
This false creation I cannot explain;
It holds such power over my brain.
But I waste my breath; the deed must be fulfilled.
With too many words, intentions are killed."

ℓ.1 gaze into じっと見つめる space 空間 2 tormented 苦しめられた look 表情 come over (表情が)現れる 4 stagger back よろよろと後ずさりする deceive だます 5 blood-stained 血まみれの dagger 短剣 in midair 空中で 6 taunt あざける 7 lunge (〜めがけて)つっこむ pass through 通りぬける 8 in the world 一体全体 am to do 〜するつもりだ 9 creation 作られたもの explain 明らかにする 10 hold 持っている 11 waste one's breath 話しても無駄なことを言う fulfill 実行する 12 intentions 意志

その時、城の塔から鐘の音がひびいてきました。
マクベスは身ぶるいします。「ダンカンが眠っているとよいのだが」
鐘の音をきっかけに、はげしく燃え立つ思いがマクベスの全身をつらぬきます。
早く野望をとげよと、鐘がマクベスをあおり立てます。
長く暗い廊下を、マクベスは足音を殺し影のように進みます。
それは、いつものマクベスとは似ても似つかぬ姿でした。
いっぽうマクベス夫人は、階下でじっと待っています。
欲にかられた夫人には、今や恐いものなどありません。
「わたしは自分の役わりを果たした。マクベスは今、〝あれ〟をはじめたところ。殺す道具はそろっているし、すべては準備したとおり。あとは最後の実行あるのみ」

Matt Charbonneau (age 9)

Just then, a bell tolled from the keep.
Macbeth shivered, "I hope Duncan is asleep!"
The summons filled his veins with fire,
And beckoned him to achieve his desire.
He crept like a shadow down the long, gloomy hall,
His mind no longer his at all.
His wife waited below, bold with greed.
"I've done my part. He's about the deed!"
The weapons were ready; everything was intact.
All that remained was the final act.

ℓ.1 toll (鐘がゆっくりくり返し)鳴る keep (中世の城の)本丸, 天守閣 2 shiver 身ぶるいする asleep 眠っている 3 summons 呼び出しの合図 vein 気分 fire 燃える思い 4 beckon ～するように合図する achieve 成しとげる 5 creep(crept) しのび足で歩く gloomy うす暗い 7 below 階下に bold 大胆な 8 do my part 役目を果たす is about ～に従事して 9 weapon 武器, 凶器 intact (もとのまま)完全な 10 remain (まだ～されないで)残っている

マクベスがもどってきました。顔色はまるで死人のように真っ白です。
「ああ、なんて情けない！
おれの両の手が、国王の命をうばってしまった。
この手の焼けつくような痛みを、しずめる薬などありはしない。
王が眠る部屋の中を、おれはしのび足で歩いた。
するとさけび声が聞こえた。『マクベスは眠りを殺した！』
虫ずが走るような、いやな声だった。
その声はなおもさけび続けた。『もう眠りはないぞ！』と」
マクベス夫人はせせら笑います。「そんなものは
放っておきなさい」
マクベスは答えます。「おれはもう二度と自由の
身にはなれない」
そうです。マクベスは目的をとげようと
苦労したあげく、なんと自分の心まで
殺してしまったのです。

Macbeth returned, a ghastly white,
"This is indeed a sorry sight!
These hands have taken the life of our king;
Nothing will heal their burning sting!
Through his chamber, I did creep,
A voice cried, 'Macbeth doth murder sleep!'
It was a sound I did abhor,
And still it cried, 'Sleep no more!' "
Lady Macbeth scoffed, "Just let it be!"
Her husband replied, "I will never be free!"
For in his efforts to reach his goal,
Macbeth had murdered his very soul.

Ashley Kropf (age 10)

ℓ.1 ghastly 死人のような 2 sorry なさけない, みじめな 4 heal なおす burning 焼けつくような sting はげしい痛み 5 Through〜 = I did creep through〜 6 doth = does の古い言い方 murder 殺す 7 abhor ひどくきらう 9 scoff あざ笑う let (it) be 放っておく 11 reach his goal 目的を果たす 12 very ほかならぬ

マクベス夫人はいきり立ちます。
「なぜあなたは短剣をにぎっているの。なんてまぬけなの。
それが証拠になってしまうのよ」夫人のいらだちはおさまりません。
「短剣は部屋に置いてこなければいけなかったのに。
早くそれを持って行って、2人の護衛の顔に血をなすりつけてくるのです。
短剣を元の場所にもどしておけば、疑われるのは
2人の護衛。それから血で汚れたその手を
洗い流していらっしゃい。
万一あなたが捕まったら、わたしたちの
計画は台なしになる。さあ、
お願いだからその短剣を返してきて。
急ぐのよ。でないと部屋に短剣の
ないことがばれてしまう」

His lady began to lose her cool.
"Why are carrying the daggers, you fool?
They're evidence," she continued to fume.
"You ought to have left them in the room!
Go smear the blood on each guard's face
They'll be suspected when the daggers are in place.
And wash that stain from off your hands.
If you're caught, it will ruin our plans.
Take them back now, I insist!
Hurry now or they'll be missed."

Megan Vandersleen (age 9)

ℓ.1　lose (her) cool 怒りをばくはつさせる　3　evidence 証拠　fume いらだつ　4　ought to (have left) 〜すべきであったのに　5　smear ぬりつける　6　be suspected 疑いをかけられる　in place 正しい位置に　7　stain 汚れ　from off 〜から　8　ruin 台なしにする　9　take (them) back （もとへ）もどす　insist 強く要求する　10　be missed ないことに気づかれる

マクベスは首をふって言います。「もうあの部屋に行くのはいやだ。
自分のしたことを考えただけでもぞっとする」
「それならわたしが始末をつけます。わたしはあなたのように、
意気地なしではないわ」
マクベス夫人はそう言うと、短剣をつかんでさっさと出ていきました。
その時、戸をたたく音が聞こえてきました。南門の戸です。
静けさをやぶるノックの音は、止む気配がありません。
マクベスは恐ろしさに身をふるわせ、おろおろと部屋の中を歩きまわります。
「なぜおれは、どんな音にもおびえるのだろう？」
そこへマクベス夫人がもどってきました。夫人の手は血に染まって真っ赤です。
「ほら、わたしの手もあなたの手と同じ色よ」とマクベス夫人。
「よくこすってきれいに洗い落としましょう。
手についたダンカンの血を人に見られては
ならないわ」

Alison Dickens (age 9)

Macbeth shook his head, "I'll go no more!
What I have done, I do deplore!"
"Then I'll do the job. I'm not fainthearted!"
She seized the daggers and quickly departed.
Macbeth heard knocking at the south gate,
It shattered the silence and did not abate.
He trembled with fear and paced to and fro,
"Why does each noise appal me so?"
Then his wife returned, her hands all red.
"They're of your colour," the Lady said.
We'll scrub and scour our hands all clean;
Duncan's blood will never be seen!"

ℓ.2 deplore 後悔する　3 fainthearted 意気地のない　4 seize つかみとる　depart 立ち去る　6 abate やわらぐ　7 tremble 身ぶるいする　8 appall おどろかす　11 scrub こすって洗う　scour 洗いおとす

城門をたたく音は、なおも続いています。
寝ぼけまなこの門番は頭がぼんやり。
ふらふらしながら、ようやくいすから立ち上がりました。
「一体どこのどいつだ？
はいはい、いま開けますよ。そんなに戸をたたかれちゃ、かなわないや」
ノックしていたのは、レノックスとマクダフでした。
「やあ」とマクダフ。「きみ、ずいぶんだらしないかっこうだな」
「実はだんな、夕べおそくまで酒を飲んでさわいでいたもので」と門番。
マクダフが言います。「われわれがここに来たのは、国王を起こすためだ」
ちょうどそこへやってきたマクベス。胸にマクダフの言葉がこたえます。
「ようこそ」マクベスは何食わぬ顔ににこやかに出むかえます。
「どうぞこちらへ。わたしがご案内しましょう」とマクベスが言うと
「これはありがたい」マクダフが答えます。

The knocking continued at the castle gate.
The porter was in quite a state.
Finally, he staggered out of his chair,
"Who in the devil's name is there?
I'll open the door; I've had enough!"
There stood Lennox and the great Macduff.
"Good fellow," cried Macduff, "You're quite a sight."
"We were carousing, my lord, 'til late last night!"
"We're here," said Macduff, "to wake up the king."
In strode Macbeth; these words did sting.
"Welcome," he smiled. "I'll be your guide."
"We're grateful for that!" Macduff replied.

Ashley Kropf (age 10)

ℓ.2 porter 門番 in quite a state かんぜんに興奮(混乱)している 4 in the devil's name 一体全体 5 I've had enough (うんざりして)もう、たくさんだ 7 Good fellow おまえ、きみ(呼びかけ) sight 見もの、ざま 8 carouse 飲んでさわぐ 9 wake up 起こす 10 stride(strode) 大またで歩く sting (言葉が)心を苦しめる 12 grateful ありがたく思う

マクベスは先に立って歩きだします。心は重く沈んでいます。
でも努めて明るい声で、「ここが王のいる部屋です」とマクベスは言います。
「ありがとう」マクダフはにこやかに答えて
「思い切って、わたし一人で部屋に入ってみよう」と言いました。
廊下で待つレノックスが世間話をはじめます。
「陛下は今日、お発ちですか？
それにしても、夕べはおそろしい夜でしたね。
大地も恐れおののいて震えだすさわぎ。
寝ているあいだに、われわれの宿の煙突が吹きとばされてしまいました。
いたる所から悲しげなさけび声が聞こえ
あたり一面、死者たちのざわめきでいっぱいでした」
「ほんとうに大荒れの夜でしたね」マクベスは平然と答えました。

Macbeth led the way, his mind sunk in gloom.
He tried to sound cheerful, "Here is the room."
"Thanks again," said Macduff in a friendly tone.
"I'll take the liberty to go in alone."
Out in the hall, Lennox chatted away,
"Does His Majesty depart today?
And wasn't it a dreadful night?
The ground shook and trembled with fright.
Where we slept, our chimneys were blown down;
And mournful cries were heard all around!
The air was choked with sounds from the dead."
"'Twas a rough night," Macbeth quietly said.

Erin Bick (age 9)

ℓ.1 lead(led) the way 案内する 2 sound ～のように聞こえる cheerful 元気のいい 3 friendly 親しみのある in a ～ tone ～な調子で(話す) 4 take the liberty to (go) 失礼をかえりみず～する 5 chat away くつろいで話す 7 dreadful おそろしい 8 with fright こわがって 9 chimney 煙突 were blown down 吹きたおされた 10 mournful 死者をいたむ all around あたり一面に 11 was choked with ぎっしりつまる the dead 死者たち 12 rough (天候などが)荒れもようの quietly 落ち着いて 'Twas = It was

そのとき、あたりの静けさをやぶって、耳をつんざく鋭い悲鳴が上がりました。
王のいる部屋から、マクダフがよろめきながら飛び出してきます。
「ああ、おそろしい！　なんておそろしい！　ダンカン王が死んでいる！
人殺しだ！　むほんだ！」怖じ気立ったマクダフは大声でわめきます。
「王の部屋へ行ってみろ。目がつぶれるぞ。
あの有様を見たら、あまりのむごさに目がくらむぞ」
マクベスとレノックスはあわてて部屋に入り
ます。マクダフはさけび続けます。
「みな、起きろ！　起きろ！　鐘をならせ！
いったいだれが国王を刺したのだ」
城壁のはじからはじまで、マクダフの
さけび声がひびきわたります。
貴族たちも家来たちも大急ぎで広間に
かけつけました。

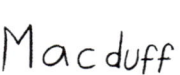

Sophie Jones (age 7)

A deafening scream pierced the air;
Macduff reeled from the chamber there.
"Oh horror! Horror! King Duncan is dead!
"Murder! Treason!" he cried in dread.
"Approach the King's room. Destroy your sight
With the cruelty of this plight."
Macbeth and Lennox hastened through the door.
Macduff continued to implore,
"Awake! Awake! Sound the alarm!
Who would do our king such harm?"
His voice thundered through the walls;
Nobles and servants rushed into the halls.

ℓ.1　deafening 耳をつんざくような　scream 悲鳴　pierce (大気,静けさを)つきやぶる　2　reel (ショックなどで)よろめく　chamber 部屋,寝室　3　horror 恐ろしさ　4　murder 殺人　in dread 恐れて　5　approach 近づく　destroy 台なしにする　sight 視力　6　cruelty むごたらしさ　plight (悪い)状態　8　implore ぜひにと頼む　9　awake 起きる　sound (ラッパなどを)鳴らす　alarm 危険を知らせる音,声　10　do ~ harm ~に危害を加える　11　thunder とどろく　12　noble 貴族　rush 急ぐ

鐘が鳴りひびき松明が赤々ともえています。
マクベス夫人がおびえきったようすでかけこんできました。
「マクダフさま！」夫人はかん高い声でさけびます。「どうか教えてください。あなたがうろたえている理由を」
「おお、マクベス夫人」とマクダフが答えます。
「あまりに傷ましいことなので、とてもご婦人にはお話しできません」
こう言って呆然とするマクダフ。やがてマクダフはバンクォーの姿を見つけます。
「バンクォー、陛下が亡くなった。
ダンカン王は寝ている間に殺されたのだ」とマクダフが言います。
「なんとひどいことを」バンクォーはそう言って悲しみます。
マクベスがもどってきました。「こんな不幸が起こるとは、もう人生にはなんの価値もない」マクベスは嘆きます。
そこへ国王の息子たちが2人そろってやってきました。

Bells rang out and torches flared.
Lady Macbeth dashed in, looking scared.
"Macduff," she screamed, "Tell me, I pray,
What is the cause of your dismay?"
"Oh gentle lady," was Duff's retort,
"'Tis not for you, this sad report."
Then, in a daze, he saw Banquo, his friend,
"His Majesty's life has come to an end.
King Duncan was murdered as he slept!"
"Oh villainous crime," Banquo wept.
Macbeth returned, "Life is worthless!" he cried,
Then in came the King's sons, side by side.

Erin Bick (age 9)

ℓ.1　torch 松明　flare 赤々とかがやく　2　dash いきおいよく走る　scared びっくりした　3　I pray お願いだから、どうぞ　4　dismay うろたえること　5　retort 口答え　Duff = Macduff　6　'Tis = It is　7　in a daze ぼうぜんとして　8　come to an end 終わる　9　was murdered 殺された　10　villainous ひどく悪い　weep(wept) なげき悲しむ　11　worthless 価値のない　12　side by side いっしょに

ドナルベインがたずねます。「なにかあったのか」
「お父上が殺されたのです」マクダフが答えます。
「なんだと！　まさか！」マルカムは驚いて息をのみます。
「急に国王を襲うとは、いったいだれのしわざだ」とマルカム。
「犯人はどうやら王の護衛のようで」
貴族のレノックスは、まちがいないと言います。

「なぜなら、護衛たちの武器は血にまみれ、見開いた目はうつろ。われわれを見て、ぎょっとしていました」

すると、「いや、悪いことをした」とマクベス。「もうれつに腹が立ち、かっとなって2人の護衛を殺してしまった」

Julian Hacquebard (age 7)

"What is amiss?" cried Donalbain.
Macduff replied, "Your father's been slain!"
Malcolm gasped, "Good Heavens! No!
Who would dare to strike the blow?"
"It appears his guards committed the deed!"
The noble Lennox did concede.
"Their weapons were bloody; their eyes were glazed,
They stared at us and were amazed."
"But I'm sorry," said Macbeth. "I went on a rampage,
I killed them both, in my terrible rage."

ℓ.1　What is amiss? どうかしたのか　2　has been slain ～が殺された　3　gasp はっと息をのむ　Good Heavens! おや，まあ，たいへんだ　4　dare to 大胆にも～する　strike the blow とつぜん襲う　5　It appears どうも～らしい　commit （罪などを）おかす　6　concede 認める　7　glazed ぼんやりした　8　stare じっと見つめる　were amazed びっくりした　9　go(went) on a rampage はげしく怒る　10　in a rage かっとなって

マクダフはマクベスを問いつめます。「なぜそんなことをしたのだ？証拠が消えてしまったではないか。わからないのか」
マクベスの神経がいらだち始めました。
これは危険だと、マクベス夫人は思います。
「助けて！」気を失いかけて今にも倒れそうな夫人がさけびました。
これを見たマクダフは「夫人の介抱を！」と大声をあげます。
マクベス夫人は家来たちに運ばれていきました。
あまりのショックと驚きに身をふるわせるバンクォー。
バンクォーは剣をかざして言います。「みんな、聞いてくれ。わたしは力の限り戦うつもりだ。罪ある者は倒さなければならぬ」
これに続いてマクダフが言います。「だれの犯行かつきとめようではないか」
マクベスも賛成します。「わたしもやるぞ」

Macduff

Jennifer Stewart (age 7)

Macduff faced Macbeth, "Wherefore did you so?
You've destroyed the proof, don't you know?"
Macbeth's nerves were ready to break;
His lady knew that all was at stake.
She swayed in a faint. "Help me!" she cried.
"Look to the lady!" Macduff complied.
As the servants carried her away,
Banquo trembled in shock and dismay.
He held up his sword, "Hear me all!
I'll use my power. The guilty shall fall!"
Macduff continued, "We'll find who's to blame!"
Macbeth agreed, "I'll do the same!"

ℓ.1 face ～に顔を向ける wherefore どういう理由で 2 proof 証拠 3 nerve 神経 ready to ～しそうである 4 at stake 危険にさらされて 5 sway 体をぐらつかせる in a faint 気を失って 6 look to ～の世話をする comply(complied) (要求に)応じる 8 tremble ふるえる in shock and dismay ショックを受けぼうぜんとして 10 the guilty 罪をおかしたもの shall ～させよう 11 is to blame 責任がある

国王の息子たちには悲しんでいるひまなどありません。
2人はここから逃げ出そうとしているのです。
心にひそかな不安をかかえた2人。
これからどうするか、ひそひそ声で相談
します。だれかに聞かれたら困るのです。
朝の冷たい空気の中で、マルカムは
身震いします。
「つぎに流れるのはだれの血だろう。
父上を殺した犯人がまだつかまって
いないのに、わたしは王のあとつぎと
して、すぐにも王位につくことになる。
領主たちはみな父上の死を悲しんでいる。
あれはほんとうの気持ちだろうか。
本心をかくしているのでは
ないだろうか？」

The sons of the king had no time to grieve
For they were getting ready to leave.
They whispered their plan in secret fear,
Worried that someone might overhear.
Malcolm shivered in the morning chill,
"Whose blood will be the next to spill?
Our father's murderer is not known,
And I am his heir, in line for the throne.
The lords all show grief, but is it real?
Or do they hide what they really feel?"

Nathan Rollerman (age 10)

ℓ.1 grieve 深く悲しむ　3 whisper ひそひそ話をする　4 overhear ぐうぜんに聞く　5 shiver ふるえる　chill ひんやりとする冷たさ　6 spill (血などが)流れる　7 murderer 人殺し　8 in line for 〜の候補で　throne 王位

弟のドナルベインも同じ考えです。「微笑みのかげに短剣がかくれている。この地には危険がひそんでいる。用心したほうがよい」
ドナルベインは兄に向かって話しつづけます。
「やつらにとって無意味なのはわれわれのうち一人を殺し、もう一人を生かしておくことだ。2人は別れて、離れ離れになったほうがよい。おたがいに自分の死を告げる鐘を鳴らさないためだ。
わたしは馬でアイルランドへ行く」
これを聞いてマルカムは「わたしはイングランドへ」と答えます。
王子たちは悲しみのうちに抱き合って別れのあいさつを交わします。
それから1時間とたたぬうちに、2人はそれぞれ旅立っていきました。

Donalbain

"There's daggers in smiles!" Donalbain agreed.
"Danger lurks here. We'd better take heed!
It would be no use," he told his brother,
"To kill one of us without the other.
We'll separate and say farewell,
To avoid our own death knell.
I will to Ireland quickly ride!"
"To England I'll journey," Malcolm complied.
The two embraced, broken-hearted,
And within the hour, they had departed.

ℓ.2　lurk（危険などが）ひそんでいる　take heed 用心する　3　be no use ～　～しても無駄である　5　separate 別れる　say farewell 別れを告げる　6　avoid さける　death knell 死を告げる鐘　8　journey 旅行する　9　embrace 抱き合う　broken-hearted 悲しみにくれて

こんな具合にその一日は、重苦しい空気に沈んだまま過ぎていきました。
老人とロスが不吉な運命について語り合っています。
「長いこと生きてきましたが、実を言うとわたしは、
これほど恐ろしいわざわいを見たことがありません」と老人。
ロスも「時が一日の始まりを告げているのに」と話しはじめます。
「暗い夜がまだ居すわり太陽のじゃまをしている」
そこへマクダフがやってきて言います。「うわさが流れている。
逃げ出した国王の息子たちに王殺しの疑いがかけられた。
こうなれば次の国王はマクベスだ」
ファイフの領主マクダフはため息をつきました。
マクダフの話はつづきます。「貴族たちがマクベスを
王に選んだ。反対する者はいないだろう」
ほんとうにマクダフの言ったとおりでした。
スクーンという土地で、マクベスは国王の座に
ついたのです。

King Macbeth

And so the day passed, overwhelmed in gloom.
An old man and Ross spoke of great doom,
"In all my years, I must confess,
I have not seen such dire distress!"
"The time tells us," said Ross, "that day has begun,
Yet darkness remains and chokes out the sun."
Macduff appeared, "A rumour's been spread.
The sons are suspected for they have fled.
"Macbeth will be King!" the Thane of Fife sighed.
"The nobles have chosen. They'll not be denied.
Indeed, Macduff's words proved to be true.
At Scone, Macbeth made his royal debut!

Sophie Jones (age 7)

ℓ.1 overwhelmed (悲しみに)うちのめされて 2 doom (恐ろしい)運命 3 confess 実は〜だと認める 4 dire 恐ろしい distress 災難 6 remain 居残る choke さまたげる 7 rumour うわさ 8 are suspected (犯罪などの)疑いをかけられる flee(fled) 逃げる 9 sigh ため息をつく 10 be denied (要求などを)こばまれる 11 prove to be true 本当であることが分かる 12 royal 国王の debut (職業などの)第一歩, 門出

バンクォーは考えます。「これですべてが実現した。
3人の魔女の予言通りになった。
まずはグラームズ、それからコーダー、そして国王の座が
マクベスのものとなった。
今やなにもかもが、わが友マクベスの思いのまま。
だが王冠を手にするためにマクベスは不正をはたらいたのではあるまいか？
それならこのおれが、マクベスを倒してみせようか」
そこへマクベスがやってきました。国王らしく堂々としています。
「バンクォーよ、祝いの宴を開くので、ぜひ列席ねがいたい。
今日はそなたの息子フリーアンスと馬乗りに出かけるのか？」とマクベス。
バンクォーが答えます。「はい、国王陛下。すぐにも出かけます。
ただし晩さん会に間に合うように夜にはもどって
まいります」マクベスはバンクォーに礼を言い、
「どうかおそくならないように」と
念をおします。

Banquo

Banquo thought, "Now all is fulfilled,
Just as the fateful three had willed.
First Glamis, then Cawdor, and finally King,
My friend, Macbeth rules everything.
But I fear he played foully to take the crown,
And I could bring him crumbling down."
Macbeth arrived, looking regal indeed,
"A feast is planned, Banquo. Your presence we need.
Do you take your son Fleance riding today?"
"Yes, Your Majesty, and we mustn't delay,
But I'll return tonight, for your supper of state."
Macbeth thanked Banquo, "Please don't be late!"

Ashley Kropf (age 10)

ℓ.1 is fulfilled（予言などが）実現する 2 fateful 予言的な will 意志をはたらかせる 5 foully 不正に 6 bring him ~ing 彼を~の状態にさせる crumble ほろびる 7 regal 王者らしい 8 feast 祝いの宴 presence 出席 9 riding 乗馬 10 delay ぐずぐずする 11 supper of state 公式の晩さん会

バンクォーが出かけたあと、マクベスはいらだたしげに部屋を歩き回ります。
「今のおれには、バンクォーがだれよりも恐ろしい。
いずれあいつの息子が国を治めることになる。
魔女たちがそう予言したではないか。
なんとむなしいのだ、おれの人生は。おれには王座をつがせる息子がいない。
おれが自らの名誉を傷つけたのは、バンクォーの息子を王にするためだったのか。
おれが悪魔に魂を売ったのは、バンクォーを喜ばせるためだったのか。
そんなばかな!」マクベスはさけびます。「こんな運命におれは負けるものか」
そのとき、ぼろをまとった2人の男たちが城門の前にやってきました。
2人は暗殺者です。マクベスは男たちに全速力で馬をとばすように命じます。
「いいか、バンクォーもフリーアンスも逃がしてはならぬ。
おれが王でいるためには、バンクォー親子に死んでもらわねばならぬ」
暗殺者たちは答えます。「おおせの通りにいたします。
風よりも早く飛んでいきます」

As Banquo departed, Macbeth paced the floor,
"There's not a man who I fear more!
His sons will rule. The witches have shown,
My life is empty, with no heir to the throne.
Have I lost my honour, so his sons will reign?
Have I stained my soul for Banquo's gain?
Never!" he cried. "I will challenge this fate!"
Then two ragged men arrived at his gate.
He told these murderers to ride very fast,
"You must not let Banquo or Fleance slip past!
If I'm to stay king, they both must die.":
"We'll do as you ask. Like the wind we'll fly!"

ℓ.5 reign 王として支配する 6 stain (名声などを)けがす gain 利益 7 fate 運命 8 ragged ぼろを着た
10 let ~ slip (人に)逃げられる 11 am to stay つもりなら 12 fly とぶように走る

Kate Vanstone (age 10)

マクベス王と王妃には心の安らぎがありません。
おびえながら毎日を送る2人に、ほっとする時などないのです。
王妃マクベス夫人がため息をもらします。「たしかに望みはかなったわ。
けれど秘密がもれはしないかと、いつも気が気ではない。
マクベス、なぜあなたは1人で考えこんでいるの？
終わったことは終わったこと。あなたは王座を手に入れたのよ」
「おれの心の中には数えきれないほどのサソリがいる。
もう、わが心は止めようがない。友を裏切り、不安に
身をまかせるしかない。バンクォーはまだ生きている。
だからおれは進み続けなければならないのだ。
だがいとしき妻よ、これから起こることを、
おまえは知らないほうがよい」
「さあ、あなた、もっと愛想よくほがらかな顔をして。
今宵の宴をお客さまとともに楽しむのです」
そこで気を取り直したマクベスは、
宴の主人役を立派につとめます。
マクベスはいすから立ち上がり
「さあ、乾杯しよう！」と音頭をとります。

For the royal couple, there was no peace of mind;
They now lived in terror and couldn't unwind.
The lady sighed, "We've achieved our desire.
Yet we now live in dread, of what might transpire.
Macbeth, why do you stay alone?
What's done is done! You have the throne!"
"Full of scorpions is my mind!
To treason and turmoil, I am resigned.
Banquo still lives, so I must proceed,
But, dearest wife, be innocent of the deed."
"Come, my good husband, be friendly and bright.
Enjoy your party and guests tonight!"
And at the feast, he was the perfect host.
Macbeth rose from his chair, "I propose a toast!"

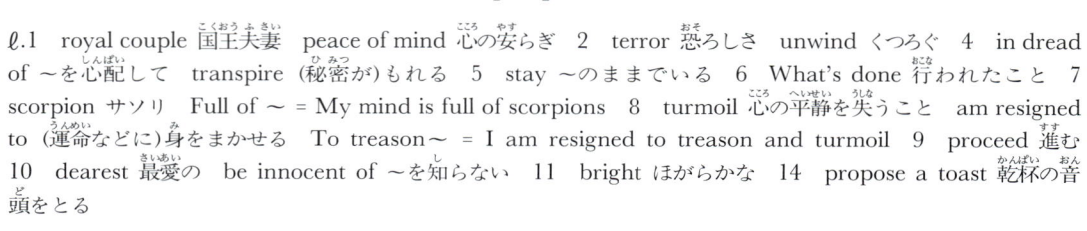

Cassie Blackman (age 9)

ℓ.1　royal couple 国王夫妻　peace of mind 心の安らぎ　2　terror 恐ろしさ　unwind くつろぐ　4　in dread of ～を心配して　transpire (秘密が)もれる　5　stay ～のままでいる　6　What's done 行われたこと　7　scorpion サソリ　Full of ～ = My mind is full of scorpions　8　turmoil 心の平静を失うこと　am resigned to (運命などに)身をまかせる　To treason～ = I am resigned to treason and turmoil　9　proceed 進む　10　dearest 最愛の　be innocent of ～を知らない　11　bright ほがらかな　14　propose a toast 乾杯の音頭をとる

マクベスがふと目をやると、
暗く冷たい顔つきの暗殺者の姿が見えました。
マクベスはすぐさま席を立ち、
むごたらしい暗殺のなりゆきを問いただしに行きます。
「おまえの顔についているのはあの血か？」
とマクベスがたずねます。
「そうです。バンクォーの血です、陛下。
バンクォーは頭に傷を負って死にました。
しかし残念ながらフリーアンスには逃げられました」
マクベスはがっかりしました。
むりもありません。
不安と怒りがマクベス
の頭を悩ませます。

Megan Vandersleen (age 9)

Out of the corner of Macbeth's eye,
He spied the murderers, cold and sly.
He left the table, then and there
To inquire about the grim affair.
"Is that blood upon your face?"
"Yes, indeed. 'Tis Banquo's, Your Grace.
He died from the wounds to his head.
But, I'm sorry to say, young Fleance has fled."
Macbeth was distressed; that was plain,
Fear and resentment gripped his brain.

Stephen Marklevitz (age 11)

ℓ.1 out of the corner of ~'s eyes 横目で(見る) 2 spy(spied) 見つけだす sly こそこそした, ずるい 3 then and there すぐその場で 4 inquire about 質問をする grim ざんこくな affair 事件 5 upon = on 6 Yes, indeed はい、そうですとも 7 die(d) from (病気, けががもとで)死ぬ 9 was distressed 悩む plain 明らかな 10 resentment 怒り grip しっかりつかむ

「陛下」とロスが呼びかけます。「よろしかったら
席におつきいただきたいのですが」
「ぜひ、そうしよう」マクベスは答えます。「だが、どこへすわればよい？
空いた席がないようだが」
レノックスが言います。「いすは、ここにございます。
陛下、なぜそんなにうろたえていらっしゃるのですか」
マクベスの顔は真っ青。
何かを見てふるえています。
なんとそのいすには、血だらけのバンクォーの亡霊がすわっていたのです。
バンクォーはおそろしい顔つきをしています。
でもその場にいる貴族たちには、
なにも見えません。
ふるえ上がったマクベスは、
かべのほうに後ずさりしながら
さけびます。
「おれのせいではない。分からない
のか！ その血まみれの髪をおれに
向かってふりたてるのはやめろ！」

Ashley Kropf (age 10)

"My liege," said Ross, "if you are able,
Grant us your presence at the table."
"I'd love to," said Macbeth. "But where?
There seems to be no vacant chair."
Lennox replied, "Here is your spot.
Your Majesty, why do you look so distraught?"
Macbeth had turned a deathly white;
He shook and trembled at the sight:
Bloody Banquo was in his place,
A dreadful look upon his face.
The lords at the table saw nothing at all.
Macbeth shuddered and backed to the wall,
"I'm not to blame, can't you see!
Shake not thy gory locks at me!"

ℓ.1 my liege わが君 if you are able = if you are able to do 2 grant (要求などを)聞き入れる 3 I'd love to = I would love to do ～ はい、ぜひとも～したい 4 vacant 空いている 6 Your Majesty 陛下(国王、王妃への呼びかけ) distraught とりみだした 7 deathly ひどく turn white 顔色が青ざめる 10 dreadful おそろしい 12 shudder 身震いする back あとずさりする 13 am to blame ～に対して責任がある 14 thy = youの古い言い方 gory 血だらけの locks 髪の毛 Shake not = Don't shake

ロスがいすから飛び上がってさけびます。「陛下のようすがおかしい！」
マクベス夫人がさえぎります。「みなさま、どうかお静かに。
こういう発作は若いころから時々起こるのです。
気がふれたように見えるのは発作のせいです。
みなさま、おすわりください。どうかそのままで。
国王になったばかりの緊張が、夫の発作をひき起こしたのでしょう」
夫人はマクベスをわきへ連れて行きます。「なんて馬鹿なことを！
いいですか。あなたの見ているものは、ただの丸いすよ。
ほんとうにみっともない！ 男らしくしてください」
夫人はあざけるように言います。「すぐ席にもどりなさい。
わたしたちの計画を最後までやりとげるのよ」
亡霊はとけるように空中に消えていきました。
貴族たちは呆気にとられたまま、マクベスを
待っています。

Ross leapt to his feet, "His Highness is ill!"
Lady Macbeth cried, "Gentlemen, be still!
He's had these attacks since he was a lad;
They make it appear he's going mad.
Sit, worthy friends! I pray you, remain.
As a new king, he's under great strain."
She took him aside, "You are a fool!
My husband, you look upon a stool!
For shame!" she hissed, "Show you're a man!
Come back to the table. Stick to our plan."
The ghost dissolved into the air.
The lords were astonished, waiting there.

Ashley Kropf (age 10)

ℓ.1 leap(leapt) to ~'s feet 飛び上がる His Highness 殿下(皇族への敬称) 2 still じっとした 3 attack 発作 lad 若者,少年 4 make it appear ~ ～に見えるようにする 5 worthy りっぱな 6 strain 緊張 7 take ~ aside (内緒話のために人を)わきへ連れていく 8 look upon (ある感情を持って)ながめる stool 腰かけ 9 For shame! みっともない hiss (けいべつ,非難をこめて)シーッと言う 10 stick to (仕事などを)最後までやりとげる 11 ghost 亡霊 dissolve とけるように消える 12 were astonished おどろく

マクベスは気を落ち着けようと必死につとめます。
「やあ、みなさん、失礼した。ときどきこの発作が起こるのだよ。
では、みなの健康を祝して乾杯！」
マクベスは杯を上げ、
「欠席した最愛の友バンクォーの健康も祈って！」と乾杯します。
するととつぜんマクベスは、なにかにひるんだように尻ごみします。
「むこうへ行け！　おい、じゃまをするな。
それとも夜のトラかクマになって出て来るか？
姿さえあれば、おれは戦うぞ。なにも恐くないぞ」
この時もまた、亡霊はすぐに消えてしまいました。
「いなくなった」マクベスはほっとため息をつきます。
マクベス夫人がみなに告げます。「宴会はこれにてお開きにいたします」
客たちは一人、また一人と引きあげていきました。
マクベスの心は上の空。すわったまま、じっと考えこんでいます。
「ファイフの領主マクダフは今日の宴に来なかった。
マクダフはなにかたくらんでいるのだろうか。
スパイを使ってしらべさせなければ。
明日、3人の魔女に会ってみよう。
おれの運命を予言してもらうのだ」

Banquo's ghost

Macbeth

Sophie Jones (age 8)

Macbeth strained hard to collect his wits,
"I'm sorry my friends; I'm prone to these fits.
Happiness and cheer, I do bestow!
He raised his glass, "To beloved Banquo!"
Then, he shrank back in dismay,
"Begone! Leave me alone I say.
Or approach like a tiger or bear in the night.
I'm not afraid if I can fight!"
Once again, the ghost's visit was brief.
"He's disappeared!" Macbeth sighed with relief.
Lady Macbeth announced, "The party is done!"
The guests left slowly, one by one.
Macbeth sat brooding, his thoughts far away.
"The Thane of Fife didn't come today.
I wonder if he's hatching some plot.
My spies will discover what I cannot.
Tomorrow, I'll meet the witches three,
And ask what they predict for me."

ℓ.1 strain 一生けんめい努力する collect ~'s wits 気を落ち着ける 2 prone to ~にかかりやすい 3 cheer ばんざいの声 bestow 与える 4 beloved 最愛の 5 shrink(shrank) しりごみする in dismay びっくりして 6 begone 立ち去れ！ leave ~ alone 放っておく I say おい、ねえ 7 approach 近づく 9 brief 短時間の 10 disappear 消える relief ほっとすること 11 done おわりになった 13 brood じっと考えこむ 15 hatch たくらむ plot 計略, はかりごと 16 discover 見つけだす 18 predict 予言する

魔女の三姉妹のかくれ家は、大きな洞窟の奥深く。
大釜のまわりを3人は、ぐるりぐるりと回っています。
年とってしわだらけになった手で
どろどろにくさったくさいものを、3人はかきまぜているのです。
「2倍、2倍、苦労もなやみも2倍になあれ。
炎よ燃えろ、釜、煮えたぎれ。
沼に住んでるヘビの肉、
大釜の中で煮えろよ、焦げろ。
マムシの舌先、ヘビトカゲの牙、
トカゲの脚にフクロウの羽根。
鼻をつくにおいがしてきたら、
ここらで冷まし、まじない完了。
おや、親指がぴくぴく動く。
いやな予感がしてきたぞ。
やって来るぞ、悪いもの。

Anika Johnson (age 7)

The sisters were hidden in a cavern deep;
Around the cauldron, they did creep.
With their hands so crinkled with time,
They stirred a stinking, putrid slime.
"Double, double, toil and trouble,
Fire burn and cauldron bubble.
Fillet of a fenny snake,
In the cauldron boil and bake.
Adder's fork and blind worm's sting,
Lizard's leg and howlet's wing.
A horrid smell it does secrete,
Cool it now and the spell's complete.
By the pricking of my thumbs,
Something wicked this way comes."

ℓ.1 were hidden かくれる cavern 大きなほら穴 2 cauldron 大釜 3 crinkled しわが寄った with time 時がたつにつれて 4 stir(red) かきまぜる stinking くさい putrid くさった slime どろどろしたもの 5 toil 苦労 6 bubble ふっとうする 7 fillet (魚肉の)切り身 fenny 沼に住んでいる 8 boil にる,ゆでる bake 焼く 9 adder 毒ヘビ,クサリヘビ,マムシ fork フォーク状のもの ＊ここでは二またにわれたヘビの舌先 blind worm ヘビトカゲ sting 針,毒牙 10 lizard トカゲ,ヤモリ howlet フクロウ(の子) 11 horrid ほんとうにいやな secrete にじみ出る 12 spell まじない,呪文 complete 完成した 13 pricking ちくりとさすこと thumb 親指 by the pricking of my thumbs 予感がして 14 wicked 悪い this way comes = comes this way

つかつかと歩みよってきたのはマクベスでした。「おれの聞くことに答えろ。
おい、秘密の術をもつ魔女ども。おれの行く末はどうなるのだ？
魔女たちはかん高い声でさけびます。「さあ、出て来い、ぶくぶく煮える釜の泡、
地獄の亡霊、魔法をかけろ。釜のスープに魔法をかけろ」
すると煮えたつ大釜から、かぶとをかぶった生首が出てきて、
「マクベスよ、マクダフには気をつけろ」と言います。
亡霊は湯気の中に消えていきました。
つぎに生まれたての赤ん坊の姿がぼんやりと現れ、こう言います。
「血を流せ、大胆になれ、死を恐れるな。
女が産みおとしたものには、マクベスを倒せない」
「女が産みおとしたものだと？
つまりおれを倒せるものはいない
ということか。では、ファイフの
領主マクダフもおれには
勝てぬというわけだな」

Julie Wilhelm (age 9)

Macbeth strode in, "Answer my demand!
You secret hags. Where does my life stand?"
The witches shrieked, "Come, cauldron froth,
Shades of evil enchant this broth."
From the simmering pot rose an armoured head,
"Macbeth, beware Macduff!" it said.
The spirit dissolved into the steam.
A newborn child appeared like a dream,
"Be bloody, bold, fear not your death.
None of woman born shall harm Macbeth."
"Not of woman born? That's impossible you see.
Then the Thane of Fife has no power over me."

ℓ.1 stride(strode) 大またで歩く   demand 要求   2 hag 魔女,みにくい老婆   stand (〜の状態に)ある   3 shriek かん高い声でさけぶ   froth 泡   4 shade 亡霊   enchant 魔法をかける   broth うすい澄んだスープ   5 simmer (シチューが)とろとろ煮える   pot 深いなべ   armoured よろいをつけた   6 beware 〜に用心する   7 spirit 亡霊   8 newborn 生まれたばかりの   10 woman born 女から生まれた   shall 〜することになろう   11 impossible ありえない

赤ん坊の亡霊が消えていき、代わって現れたのは、
もう一つの異様な顔。
国王のガウンをまとった子供の亡霊です。
木の枝を持ち王冠をかぶったその亡霊は言います。
「マクベスが滅びることはない。あのバーナムの森が
ダンシネーンの丘めがけて攻めこんでこないかぎりは」
マクベスは言います。「では、おれは天下無敵だ！ どんな敵も
おれにはかなわない。森が動くはずはないのだから！
このたのもしい亡霊たちは、たしかに言ってくれた。
スコットランドの王として、おれの地位はゆるぎないと。
まことにありがたいことだ。胸があつくなる。
だが最後にもうひとつ聞いておきたいことがある。
おれが死んだあと、バンクォーの子孫がこの国の王になるのか？」
「これ以上、知らないほうがいいよ」3人の魔女はさけびました。

Rebecca Courtney (age 7)

The image faded and in its place,
There was another unusual face.
It was a child in a regal gown,
A branch in his hand and wearing a crown.
"Macbeth shall never vanquished be until
Great Birnam Wood meets Dunsinane Hill."
"I am invincible! All foes I'll confound.
We all know trees can't move around!
These powerful visions do assure
That, as King of Scotland, I am secure.
I'm deeply indebted and most impressed,
But I do have one final request.
Will Banquo's children rule after me?"
"Seek no more!" cried the witches three.

Katie Carroll (age 7)

ℓ.1 image 像, 姿　fade 消えていく　in ~'s place ~に代わって　2 unusual ふつうでない　3 gown 身分を表すガウン　4 branch 木の枝　5 be vanquished 敵に打ち負かされる　shall never vanquished be = shall never be vanquished　6 Birnam Wood バーナムの森 ＊スコットランド東部にあるかつての王室所有の林　Dunsinane ダンシネーンの丘 ＊スコットランド中東部にある丘：頂上にマクベスの城があったとされる：バーナムまでの距離は16km以上　meet 戦う　7 invincible 無敵の　foe 敵　confound うろたえさせる　9 assure たしかに~だと言う　10 secure 安定した　11 am indebted ありがたく思っている　am impressed 感動する　13 rule (国を)支配する　14 seek さがす, 求める

「だめだ、この場でおしえろ」とつめよるマクベス。
その勢いにおしきられた魔女たちは、しぶしぶ低い声で言います。
「マクベスの目に見せておやり。胸を張りさいておやり。
影のように現れ、影のように去れ」
すると何人もの堂々たる王たちが、一列にならんで現れました。
どの亡霊も、王の権力を表すつえを持ち、頭には王冠が光っています。
王たちはたて一列になってマクベスの横を通りすぎていきます。
マクベスの顔から笑みが消えました。苦しそうにあえいでいます。
「どれもバンクォーの亡霊にそっくりではないか。なんということだ。
4人、5人、6人、7人目も見えるぞ。ああ、恐ろしい！ 恐ろしくてたまらない」
さらに8人目まで出てきました。手にしているのは鏡。
鏡には無数の王たちの姿が映っています。
「列に終わりはないのか」マクベスは目の前が真っ暗になります。
王たちの行列の最後に、バンクォーの亡霊がぼんやりと現れました。
「この王たちはすべておれの子孫だ」
そう言っているかのように
バンクォーはあざ笑います。

Caitlin More (age 11)

"Reveal it at once! I insist."
The hags conceded, and together hissed,
"Show his eyes and grieve his heart,
Come like shadows, so depart."
Majestic kings appeared in a row,
Carrying sceptres, their crowns aglow.
In single file, they marched past Macbeth.
His smile faded. He gasped for breath.
"They're all Banquo's. How can this be?
Four, five, six, that's seven I see.
Oh horrible sight! This I can't stand."
Then in came the eighth, a mirror in its hand.
Kings and more kings were reflected there.
"Does it ever end?" Macbeth cried in despair.
Banquo's ghost loomed at the end of the line.
He smiled as if saying, "These kings are all mine!"

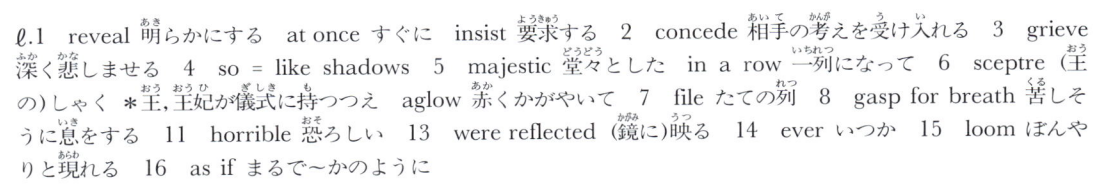

Ashley Kropf (age 10)

ℓ.1 reveal 明らかにする at once すぐに insist 要求する 2 concede 相手の考えを受け入れる 3 grieve 深く悲しませる 4 so = like shadows 5 majestic 堂々とした in a row 一列になって 6 sceptre (王の)しゃく ＊王, 王妃が儀式に持つつえ aglow 赤くかがやいて 7 file たての列 8 gasp for breath 苦しそうに息をする 11 horrible 恐ろしい 13 were reflected (鏡に)映る 14 ever いつか 15 loom ぼんやりと現れる 16 as if まるで〜かのように

これこそマクベスがなによりも恐れていたことです。
そのあと、魔女たちも大釜もなにもかもが消えました。
マクベスは力がぬけたようにその場にうずくまります。
やがて外からひびいてくるとほうもなく大きな音を聞いて
マクベスは、よろよろと立ち上がります。
マクベスは洞窟の見張り役を呼びつけます。
「おまえは魔女を見たか？」マクベスは真剣な顔でたずねます。
見張り役は答えます。「いいえ、なにも見ませんでした。
わたしが見たのは、馬に乗って知らせを届けにきた男たち。
マクダフがイングランドへ逃げたとのことです」
これを聞いてかっとなったマクベスは言います。
「これ以上、おくれはとれない。
マクダフが逃げたとなれば、
やつの妻と子を生かしておくわけにはいかぬ。
マクダフの城に不意打ちをかけるのだ。
マクダフの一族は皆殺しだ。
妻も赤ん坊も家来たちも、一人として容赦はならぬ」

This was exactly what Macbeth had feared,
Then the witches and cauldron all disappeared.
Macbeth collapsed, then staggered to his feet
At the sound outside of a thundering beat.
He called for his man, who guarded the cave,
"Did you see the witches?" Macbeth sounded grave,
The guard answered, "Nothing, did I peruse,
Except men on horseback who brought you news.
Macduff is fled to England they say."
Macbeth was enraged, "No more delay!
Macduff has sealed his family's demise.
We'll take his castle by surprise
And order the death of his whole crew:
His wife, his babes, and his servants too."

Julian Hacquebard (age 7)

ℓ.1 exactly まさしく　3 collapse くずれるように倒れる　stagger to his feet ふらふらと立ち上がる　4 At the sound ～を聞いて　thundering 雷のようにひびきわたる　beat (太鼓などの)打つ音　5 call for (人を)呼び出す　cave 洞窟　6 grave まじめな、深刻な　7 peruse よく調べる　9 is fled = has fled　10 was enraged ひどく怒る　delay 遅らせること　11 seal (運命, 死などを)決める　demise 死亡　12 take ～ by surprise 急におそう　13 crew 仲間　14 babe 赤ん坊

さてファイフの地では、マクダフ夫人がうろたえて気もふれんばかり。
「夫はイングランドに行ってしまった。わたしたち家族を愛していないのだわ！
国をすてて逃げ出すなんて、いったい夫はなにをしたのです？」
ロスが夫人をなぐさめます。「だれかがマクベスに抗議する必要があります。
スコットランドは今や、ひどい国になってしまいました。
マクベスが国王では、われらの自由がふみにじられます。
ご主人は立派な方です。奥さまが非難するような方ではありません。
さあ、そろそろおいとましなければ。言葉とは、
まことに気持ちを高ぶらせるものです」
マクダフ夫人は息子に向かって言います。
「あなたのお父さまは裏切り者よ」
「ぼくは信じない。お父さまは、またぼく
たちのところへ帰ってくるよ」
そこへ使者がやってきました。「危険が
せまっていることをお知らせにきました。
奥さま、わたしはすぐに帰ります。
ここで敵につかまったらたいへんですから」
でも残念なことに、せっかく届いた知らせは遅すぎました。
けっきょくマクダフの城の全員が、むごたらしい最期をとげたのです。

Back at Fife, Lady Macduff was distraught,
"My husband's in England. He loves us not!
What had he done to make him fly the land?"
Ross consoled her, "Someone must take a stand!
Scotland is in a terrible way!
Under Macbeth, our freedoms decay.
Your husband does not deserve your blame.
But I take my leave. Words do inflame!"
The lady turned to her son, "Your father's a traitor."
"I don't believe you. He'll come back to us later."
Then a messenger arrived, "Danger is near!
I must leave now my lady. I can't be found here!"
But alas, the warning was delivered too late,
And all in the castle met a horrible fate.

Glenn Truelove (age 8)
Katie Carroll (age 7)
Ellen Stuart (age 8)
Anika Johnson (age 7)

ℓ.1 was distraught 取り乱した 3 fly ～から逃げる 4 console なぐさめる take a stand きっぱりと反対する 5 way 状態 6 freedom 行動の自由 decay おとろえる 7 deserve (～を受けて)当然だ blame 非難 8 take my leave いとまごいをする inflame 燃え上がる 9 traitor 裏切り者 11 messenger 使者 13 alas ああ、悲しや warning 警告 was delivered 届けられた 14 meet(met) ～'s fate 死ぬ

いっぽう、ダンカン王の息子マルカムは今、イングランドの王宮にいます。
イングランド国王がマルカムをかくまっているのです。
スコットランドから逃れたマクダフは、王子をたずね国に帰るようすすめます。
「あわれな祖国が苦しんでいます。戦わなければなりません」
マルカムは同意しました。「では一刻も早く出発しよう。
勇敢なる老シーワードが兵をひきいてくれる。
われわれはシーワードと1万の兵とともに進軍するのだ。
そうすればスコットランドはふたたびわれらの手にもどるだろう」
ちょうどその時、忠実なロスが馬に乗ってやってきました。
「ざんねんながら、また悪事が行われたことをお知らせします」とロス。

Kate Vanstone (age 10)

Meanwhile, Malcolm was in England's court.
Their king had offered his support.
Macduff arrived and urged Malcolm back,
"Our poor country suffers. We must attack!"
Malcolm agreed, "We won't be delayed.
The brave, old Siward is mounting a brigade.
We'll march with him and ten thousand men,
And Scotland will be ours once again."
Just then, faithful Ross, rode in on his steed,
"I'm sorry to report another foul deed!"

ℓ.1 court 王宮　2 offer 申しでる　support 助けて守ること　3 urge ～するようにしきりにすすめる　4 suffer 苦しむ　6 mount(ing) 組織する　brigade 旅団（陸軍の部隊の単位）　9 just then ちょうどその時　faithful 忠実な　steed （乗馬用の）馬　10 foul けしからぬ

「わたしが伝える話を聞いて、どうかわたしの舌をうらまないでください」
ロスは話しつづけます。「これはマクベス王のしわざです。
マクダフ、あなたの城が急襲されました」ロスの言葉が重くひびきます。
「あなたのご家族は殺されました。一人残らず、亡くなりました」とロス。
「最愛の妻も？　おれのいとしい子供たちも？」
ひとすじの涙がマクダフのほほを伝います。
「一人残らずと言ったな？　ああ、胸がはりさけ
そうだ。わが愛する子供たちを一げきのもとに？
あの暴君マクベスの心は石よりも冷たいのか。
これほどつらいことはない」
マルカム王子がさけびます。「悲しみで心を
くもらせてはならない。
悲しみを怒りに変え、出発しようではないか」
怒りにかられたマクダフは立ち上がり、こう言います。
「マクベスはかならずおれの剣で倒す。
仇をとってやるぞ。さあ、殿下、
いざスコットランドへ！」

Macduff
Ashley Kropf (age 10)

"Despise not my tongue, for the news I bring,"
Ross added, "It's the work of the King!
Your castle was surprised," he solemnly said.
"Your family's been murdered! They are all dead!"
"My beloved wife? My little ones dear?"
And down his cheek there rolled a tear.
"Did you say all? My spirits droop.
All my pretty chickens, in one fell swoop?
That tyrant has a heart of stone!
Such sorrow I have never known."
Malcolm exclaimed, "Blunt not your heart,
Let grief change to anger and we will depart!"
Macduff rose in fury, "He'll die by my sword!
I'll get my revenge! To Scotland, my Lord!

ℓ.1　despise ひどくきらう　2　add 言いたす　3　was surprised 不意の攻撃をうける　solemnly 重々しく　6 cheek ほほ　roll (なみだ, あせが)流れおちる　7　spirits 元気, 気分　droop (元気が)弱まる　8　fell 残忍な　swoop (タカなどが)急に襲うこと　in one fell swoop 一撃のもとに　9　tyrant 暴君, 専制君主　10　sorrow 悲しみ　11　exclaim さけぶ　blunt (感覚などを)にぶくさせる　12　grief 深い悲しみ　13　fury はげしい怒り　He'll die 死んでもらおう　14　get my revenge 仕返しをする　my Lord 閣下(呼びかけ)

マクベスはそのころ、ダンシネーンの丘に来ていました。
丘に建つ城で、王妃のマクベス夫人は重い病に苦しんでいます。
真夜中だというのに、夫人はろうかを歩きまわります。
夫人の目は開いていますが、それでも眠っているのです。
その奇妙なようすを見て、侍女は思わずぞっとしました。
侍女は医者を呼んで相談します。
「ほら、お妃さまがおいでになりました。寝間着のままで。
人の姿は目に入らないのに、頭だけがさかんに働いているのです」
「王妃のつぶやく言葉をよく聞いてみよう」と医者が言います。
ところが、そのつぶやきを聞いて2人はふるえ上がります。

Meanwhile, Macbeth moved to Dunsinane Hill.
In the castle there, his wife was quite ill.
In the dead of night, through the halls, she'd creep;
Her eyes were open, yet she was asleep.
Her servant was horrified by this strange scene;
She called for the doctor to intervene,
"Here she comes, in her night attire;
She sees no one, but her brain is on fire!"
"We will note her mumblings," the doctor said.
But what they heard, filled them with dread.

Megan Vandersleen (age 9)

ℓ.3　the dead of night 真夜中　she'd = she would たびたび〜した　5　was horrified こわがる、ぞっとする
7　attire 衣装　8　on fire こうふんして　9　note 注目する　mumblings ぶつぶつ言う言葉

「あの男にあれほどの血が流れていようとは」王妃はため息をつきます。
「この手は2度ときれいにならないのかしら」
そう言って王妃はおびえたように両手をこすり合わせます。
「まだここにもしみが。さあ、消えておしまい、しみよ！
どんなに香水をふりかけても、わたしの手のにおいは良くならない」
王妃は真っ青な顔をして、立っているのもつらそうです。
「やってしまったことは元にはもどらない」と王妃。
それから「ベッドへ！　ベッドへ！」と言いながら、王妃は居眠りをはじめました。
医者はさけびます。「なんとも驚くべきことだ。
これを見て思いあたることがあるが、
今夜はとても口にできない」

Lady Macbeth

Amber MaGill (age 9)

Rajdeep Nijjar (age 10)

"Who knew he had so much blood," sighed the queen.
"Will these hands ne'er be clean?"
She rubbed them together in dismay,
"Yet here's a spot! Out I say!
All the perfumes will not sweeten this hand!"
The lady looked pale and could hardly stand.
"What's done cannot be undone!" she said.
Then she drifted off, "To bed! To bed!"
The doctor exclaimed, "I'm amazed by this sight.
I think, but I dare not speak tonight!"

ℓ.2　ne'er = never　3　rub(bed) こする　in dismay おびえて　4　spot しみ　out (しみなどが)消えて　I say ねえ、おい　5　perfume 香水　sweeten いいにおいにする　6　can(could) hardly ほとんど〜できない　8　drift off 居眠りをする　10　dare not 〜する勇気がない

今やスコットランド中が、マクベスの冷酷な支配に不満をいだくようになりました。
そこですべての領主たちが、ダンシネーンの丘近くに集合しました。
領主たちはバーナムの森をめざして進んでいきます。
そしてイングランド軍に合流しました。
マルカム王子は大喜びで領主たちをむかえます。
「わたしに味方してくれたことを、ありがたく思うぞ。
諸君、その日は近い。
われらが祖国に平和がおとずれ、なんの不安もなく暮らせる日は近い。
兵士全員が一枝の木を切りとり
その枝で身体をかくせ。
ダンシネーンの丘に近づく時、
われらの人数をくらますためだ。
そうすればマクベスは、
わが軍の数をつかめまい。
全軍、一丸となって戦いぬこう
ではないか。スコットランドを
救うために戦闘開始だ！」

Callyn Vandersleen (age 9)

Now Scotland grew tired of Macbeth's cruel reign,
So the thanes all gathered, near Dunsinane.
They marched together toward Birnam Wood
And with the English army stood.
Malcolm greeted them with pleasure and pride,
"Thank you for fighting by my side.
Friends and kinsmen, the day is near
When our land will be safe and we'll live without fear.
Every soldier must cut a branch from the trees
And hide himself behind one of these.
We'll shadow our numbers as we move up the hill.
Macbeth won't guess our numbers still.
Together our armies will fight as one!
The battle for Scotland has just begun!"

ℓ.1 grow(grew) しだいに〜になる tired of うんざりする cruel 冷酷な reign 国家をおさめること 4 stand(stood) with 支持する with the English army stood = stood with the English army 5 with pleasure 喜んで and (with) pride 満足して 7 kinsman 親類 11 shadow かげでおおう

かたや、ダンシネーンのマクベスの城では
マクベスがふたたび戦の準備をすすめています。
自分が負けることはないと、マクベスはかたく信じこんでいます。
「城壁に旗をかかげろ！
おれを裏切りたいやつは裏切るがいい！」マクベスは怒り狂ってさけびます。
「バーナムの森が動かないかぎり、おれに恐いものはない。
シートン、よろいかぶとを持って来い」
それからマクベスは近くにひかえている医者を呼びます。
「今日の妻のようすはどうだ？」とマクベス。
医者が答えます。「たいへん具合が悪いようです。
これは身体の病気ではありません。心に病があるのです。
わたしには治す方法が見つかりません」

Back in his castle at Dunsinane,
Macbeth prepared for war once again.
He was convinced he would never fall,
"Hang out our banners on the castle wall!
Let them desert me!" His rage was severe.
"Until Birnam Wood moves, I've nothing to fear!
Seyton, my armour, I demand!"
Then he called the doctor, who was close at hand.
"How is my wife feeling today?"
The doctor replied, "She's in a bad way!
She's not sick of body. It's all in her mind.
There is no cure that I can find!"

Sophie Jones (age 7)

ℓ.4 hang out （看板,旗を）かかげる banner 旗 5 desert （人を）見捨てる rage はげしい怒り severe きびしい 7 armour よろいかぶと 8 close at hand すぐ近くに 10 way （健康の）状態 12 cure 治療法

その時、女たちの悲鳴が城じゅうにひびきわたりました。
でもマクベスはびくともしません。
「以前のおれなら、あのようなさけび声を聞いて恐怖ですくみ上がっていた。
だが今は」とマクベスは言います。「恐れるものはなにもない」
そこへシートンが来てこう告げます。「お妃さまが亡くなられました」
マクベスは言います。「わが妻もいつかは死ぬべき
運命だったのだ。すべてが終わってみれば、
人生とは取るに足りない物語。
一日、一日が音を立てて過ぎていく。
死んで土にかえる日に、少しずつ
しのび寄っていくだけだ」
マクベスにとって人生は、もうなんの
意味もなくなったのです。

Ashley Kropf (age 10)

The screams of women filled the air,
But did not give the king a scare.
"Once I'd have cringed at such cries in my ear.
Now," he said, "there's nothing I fear."
Seyton announced, "The Queen is dead!"
"She should have died hereafter," Macbeth said.
"Life's a trivial tale, when all is done.
Each day rattles on, one by one.
Creeping closer and closer to dusty death."
Life had lost all meaning for Macbeth.

ℓ.2 scare 恐れ、不安　3 I'd have = I would have ～だったろうに　cringe こわくて縮み上がる　6 should have died = would certainly have died （～でなかったとしても）きっと～だっただろう　hereafter = at some time in the future いつか、そのうち　7 trivial ささいな、つまらぬ　tale 物語　8 rattle がたがた音を立てて走る　9 dusty ちりをかぶった　＊come to dust 土に返る、死ぬ　10 meaning 価値

おびえきった使者がドアからかけこんできました。
使者は真っ青な顔で部屋に入ってきます。
「丘の上で見張りに立っていますと、
バーナムの森の木がひとりでに動きました！」見張りはさけびます。
「うそをつけ！　このおろかもの！　おれは信じないぞ！
木が歩きだすわけがない。おまえはどうかしているぞ」とマクベス。
でも亡霊たちの言葉が、マクベスの頭の中で高く低くひびきます。
「恐れることはない。
バーナムの森がダンシネーンの丘に攻めこんでこないかぎりは」
これは本当のことだろうか？
それとも見張りの男がだまされただけなのか？
マクベスは思いまどいます。
ところがマクベスの口から出たのは、この言葉だけ。
「戦う準備をしたほうがよかろう！」
これ以外、マクベスに何が言えたでしょう。
「鐘を鳴らせ！　進撃だ！
せめて、よろい姿で死んでいこうではないか！」

Anika Johnson (age 7)

A terrified messenger burst through the door.
His face was pale as he crossed the floor,
"When I stood my guard upon the hill,
The trees of Birnam moved at will."
"Liar and slave! I'm not amused!
Trees don't walk. You must be confused!"
But the words of the spirits echoed in his brain,
"Fear not, 'til Birnam Wood meets Dunsinane."
Could it be true? Had he been misled?
"We'd better prepare!" was all that he said.
"Ring the alarm! We will attack!
At least we'll die with armour on our back!"

ℓ.1　terrified おびえた　3　stand(stood) guard 見張りに立つ　4　at will 自由自在に　5　liar うそつき　slave 取るに足りない人　am not amused だまされない　6　be confused 混乱した　9　Could it be true? それは本当だろうか　had been misled だまされた　10　we'd better = we had better ～するのがよい　12　at least せめて　on our back 背負って

いっぽうマクベスの敵勢は予定通りに進軍しています。
木の枝に身をかくし、姿が見えないように気をつけています。
「もう、身をかくす枝はすててよい」マルカムがさけびます。
「者ども、遠く広く散らばるのだ。
シーワード、そちらの軍は西から兵を進めてください。
残りの兵はマクダフとわたしが指揮をとります」
最初にマクベスを見つけたのは、シーワードの息子、小シーワードでした。
「この極悪の暴君め。おまえの名前を何度のろったことか」と小シーワード。
「おまえにおれを倒せるわけがない」マクベスは小馬鹿にしたように言い放ちます。
「おまえは女が産みおとしたものだから」
小シーワードは若くて勇気にあふれていましたが、
けっきょくはマクベスに殺されてしまいました。ちょうど亡霊の予言通りに。

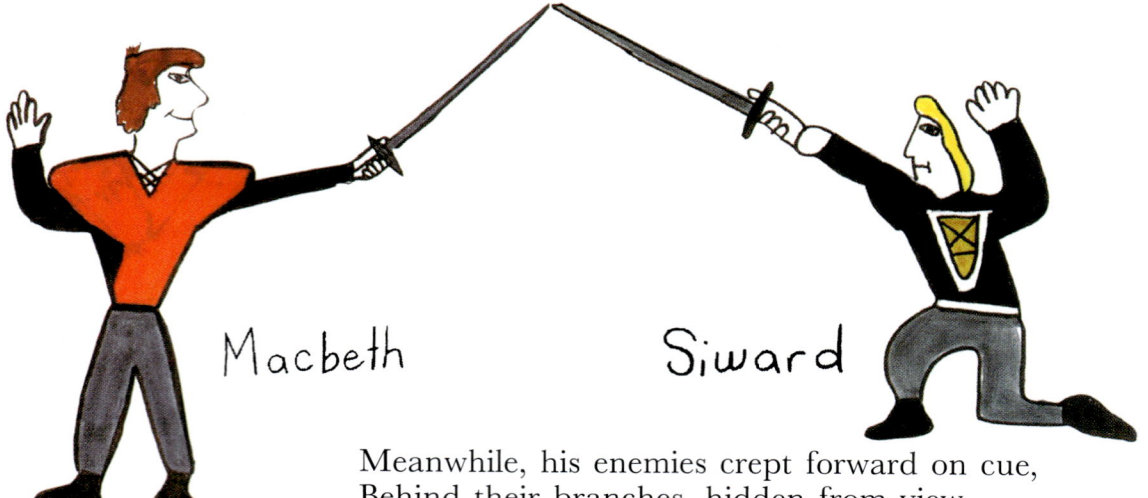

Jeremiah Courtney (age 9)

Meanwhile, his enemies crept forward on cue,
Behind their branches, hidden from view.
"Throw down your screens," Malcolm cried.
"Soldiers, spread out far and wide.
Siward, advance your troops from the west.
Macduff and I will command the rest."
Siward's son found Macbeth first,
"Oh villainous tyrant! Your name I have cursed!"
"You can't harm me," Macbeth said with scorn.
"You, my friend, are of woman born!"
And though young Siward was brave and bold,
He was slain by Macbeth, as the vision foretold.

ℓ.1 enemy(enemies) 敵 on cue 予定通りの時に 3 throw down 投げすてる screen かくす物 4 spread out 広がる far and wide 遠く広く 5 advance 進める troop 軍隊 6 command 指揮する the rest 残り,残りの人々 8 villainous 悪党の curse のろう 9 harm きずつける with scorn けいべつして 11 young (同名の親子などを区別して)若いほうの、小〜

そこへマクダフが向こうからやってきました。
マクダフはマクベス王の姿を見つけます。「待て、悪党！ 降参しろ！」
「引き下がったほうがおまえの身のためだ」マクベスは見下したように言います。
「あきらめろ、マクダフ！ 戦ってもむだだ。
女が産みおとしたおまえに、おれを殺せはしない。
いいか、おれは魔法の力で守られているのだぞ」
マクダフはせせら笑います。「女がおれを産みおとしたのではない。
おれは月が満ちる前に母の腹から取り出されたのだ」
ついに決着のつく時がきました。
そのあと行われた決闘の末、
生き残ったのは片方だけ。
風吹きすさぶ荒れ野に横たわる
のは、マクベスの死体でした。
マクベスはあまりに名誉を追い
求めすぎたのです。城も味方の
兵も妻も失ったマクベス。
野心に目がくらんだ結果、
マクベスは最後に命までも
失ったのでした。

Matt Charbonneau (age 9)

Then in came Macduff, across the field.
He spotted the king, "Turn, scoundrel! Yield!"
"Get thee back," Macbeth cried in disdain.
"Despair Macduff! Your fight is in vain.
You're of woman born. You'll never kill me.
I'm protected by a spell you see."
Macduff laughed in derision, "I'm not woman born.
From my mother's womb I was untimely torn."
The moment of truth had finally arrived,
In the duel that followed, only one survived.
Macbeth's body lay on the moor so bleak;
Too much glory he'd tried to seek.
He lost his castle, his army, his wife;
Ambition and greed cost him his life.

l.2 spot 発見する　scoundrel 悪党、ならず者　yield 降参する　3 thee = you 古い言い方　disdain けいべつ　4 in vain むだに　6 am protected (危険などから)守られる　7 in derision ばかにして　8 womb 子宮　untimely 時期はずれに　was torn むりに引きはなされた　9 the moment of truth 決着の時　10 duel 決闘　survive 生き残る　11 moor 荒れ野　bleak 吹きさらしの　12 glory 栄光、名誉　14 cost 失わせる

こうしてスコットランドに静けさがもどり
マルカムが国王の座につきました。
ダンカンの息子マルカムは、みなに安らぎを与えてくれる国王。
国民のことを思いやり、みなの幸福を願っています。
「国王、ばんざい！」と人々はさけびます。
冷たくむごい支配から、ついに国民は解放されました。
恐れと悩みの日々は終わりを告げ、
スコットランドはふたたび
平和な国になったのです。

King Malcolm

Sophie Jones (age 7)

So once more in Scotland, calm was restored;
Malcolm was crowned the country's new lord.
Duncan's son was a breath of fresh air;
He cared for his people and their welfare.
The crowds all cheered, "Hail to thee!"
From tyranny, they had been set free!
The fear and agony finally did cease,
And Scotland was once again at peace.

ℓ.1 calm 静けさ was restored とりもどされた 2 was crowned 〜 〜の位についた lord 君主 3 a breath of fresh air 新風, 元気づけてくれる人 4 care for 気にかける welfare 幸福 5 crowd 民衆 cheer 喜んで声を上げる Hail to 〜!! 〜ばんざい！ 6 tyranny 乱暴でむごたらしい政治 had been set free 解放された 7 agony 苦しみ cease 終わる 8 at peace 平和な

この戦いの物語は、わたしたちになにを教えてくれたでしょうか?
生きていく中でなにかを決める時、物語のどんなところが役に立ちますか?
あなたが夢をかなえようとする時、人としての正しい道を見失わないでください。
美しい心と自分を大切にする気持ちをなくさないでほしいのです。
マクベスのことを忘れないでください。
マクベスはなにもかも手に入れようと欲張りました。
その結果、すぐに権力の座につきましたが、またたく間に滅んでいきました。
そしてなによりも悪いことに、最後にマクベスを待っていたものは、
一人として味方のいない孤独な死だったのです。

What can we learn from this tale of strife,
As we make decisions in our life?
Don't lose your honour, as you reach for your dream,
Don't lose your virtue, your self-esteem.
Remember Macbeth; he wanted it all,
It brought a quick rise, but a swifter fall.
And worst of all, when he met his end,
Macbeth died without a single friend.

Dulcie Vousden (age 7)

ℓ.1 strife 争い 2 make decisions 決心する 3 honour 道義心, 自尊心 reach for (手をのばして)取ろうとする 4 virtue 徳, 善 self-esteem 自尊心 6 rise 出世 swift(er) すばやい fall 転落 7 worst of all なによりも悪いことには

お父さまお母さま、先生がたへ

　400年の時を経て今なお、世界中で愛されるシェイクスピア。
　劇場に足を運びシェイクスピア劇を楽しむ人々は年間でたいへんな数にのぼります。
　ところが、子供たちはどうでしょうか。幼い頃からこの素晴らしい世界に親しむ子供は、ほんとうに少数と言わなければなりません。ほとんどの子供は、中高校生になって初めてシェイクスピアに出会うのです。シェイクスピアは子供向きでないと大人たちが決めこんでいるせいなのでしょう。
　でもシェイクスピアの面白さや意味は、幼い子供にもそれなりに理解できるはずです。この本を通しお子さんはもとより大人の方々にも、シェイクスピア作品の深い味わいを楽しんでいただけたらと願っています。
　本書は、音読にも、子供劇にするにも適しています。
　以下に活用方法の手引きを挙げました。お子さんたちとこの本をお読みになる際に役立てて頂けたら幸いです。

ロイス・バーデット

『マクベス』の手引き

ことばの学習

◎毒薬を作る魔女になったつもりで、大釜に放りこむ材料を順番に挙げていく。「おばあさんのトランクゲーム」の要領で、前の人が言った言葉を全て繰り返した後で自分の考えたものを言う。

　＊訳注：「おばあさんのトランク」とは日本では「八百屋さん」と呼ぶゲーム。前の人が「トマト」と言ったら次の人は「トマト、ナス」、その次の人は「トマト、ナス、キュウリ」といった具合に順番に言っていく。

◎本の中で使われている難しい言葉を抜きだしてまとめる。（例：亡霊、領主）

◎文中のことばや登場人物の名前を使ってクロスワードパズルを作る。

◎『マクベス』の物語の後日談を創作する。

◎魔女の台詞、「良いは悪い。悪いは良い」など、シェイクスピアの引用文を「今日のことば」として壁に貼り出し、それについてみなで話し合う。

　＊訳注：その他の引用文の例
　・「いつまた３人で会おうかね？」 P.7
　・「いつわりの心をかくすのは、いつわりの顔だけだ」 P.25
　・「もう眠りはないぞ」 P.31
　・「おや、親指がぴくぴく動く。やって来るぞ、悪いもの」 P.52
　・「女が産みおとしたものには、マクベスを倒せない」 P.53
　・「マクベスが滅びることはない。あのバーナムの森がダンシネーンの丘めがけて攻めこんでこないかぎりは」 P.54

歴史と地理の学習

◎歴史上に実在するマクベスについて調べ、本の中のマクベスと比較する。

◎スコットランドの地図で、インヴァネス、フォレス、スコーンなど文中に出てくる土地を探す。

劇、美術、音楽、ダンス

◎『マクベス』を劇に仕立て、配役を決めて上演する。

◎宴会のシーンなど本の中の場面を再現する「銅像ゲーム」をグループ対抗で行う。

　＊訳注：「銅像ゲーム」とは、銅像のようにポーズをとって静止した人をオニが眺めて批評し、銅像役が笑ったら負けとなるゲーム。

◎ダンカン、マクベス、マルカムの紋章や旗をデザインする。

◎魔女の大釜のまわりで唱える呪文を創る。

◎声、楽器、テープに録音した効果音などを加えて、劇の音声を録音する。

◎マクベスの戴冠式を祝う余興のダンスの振り付けを考える。

ウィリアム・シェイクスピアについて

　シェイクスピアは17世紀のイギリスですぐれた劇（げき）をたくさん書いた人です。世界で一番有名な劇作家と言ってよいでしょう。ウィリアムは1564年4月（日本では室町（むろまち）時代の終わりころ）イングランド中部のストラットフォード・アポン・エイボンで生まれました。両親の愛情につつまれて幸せな少年時代を過ごし、18歳で結婚（けっこん）して3人の子の父になりました。その後、ロンドンの劇場で俳優（はいゆう）をつとめながら劇を作るようになりました。代表的な作品には喜劇『夏の夜の夢』『十二夜』『ベニスの商人』、四大悲劇とよばれている『ハムレット』『オセロ』『リア王』『マクベス』のほか『ロミオとジュリエット』『リチャード三世』があります。また「ソネット」などの詩も書いています。当時、おもにロンドンのグローブ座という劇場で上演されていたシェイクスピア劇は、人々の間で大きな人気を博（はく）しました。亡くなる前の数年は故郷（こきょう）ストラットフォードで静かに暮らしながら作品を書きつづけ、1616年4月23日に52歳でこの世を去りました。

　400年たった今でもシェイクスピアの作品は世界各国で毎年のように上演され愛されつづけています。

Sophie
8 yrs. old

原作の『マクベス』

『マクベス』の創作は1606年頃。シェイクスピアの才能が最高潮に達した時期の作品です。『ハムレット』『オセロ』『リア王』と並んで四大悲劇と呼ばれています。主な材源はホリンシェッドの『年代記』(1577年)。主人公マクベスは実在のスコットランド王をモデルにしています。ただし、歴史上のマクベス王は1040年から17年間在位して善政をしいたと伝えられています。

　作品にはギリシャ悲劇との類似点が認められます。筋の進行が急テンポであること。人間の奢（おご）りとそれに対する懲罰（ちょうばつ）が簡潔に描かれていること。凶行は暗示されるだけで舞台上では演じないことなどがそれにあたり、この点でシェイクスピアの戯曲としては特異な作品といえます。

　　　"Fair is foul, and foul is fair"　（本書ではP.7）

　シェイクスピアの「マクベス」は３人の魔女のこの不思議な台詞で始まります。fairは良い，美しい，天気がよい，正しいなどの意。いっぽうfoulには悪い，汚い，天気が悪い，不正などの意味があります。シェイクスピアはどんな意図をもって、fairとfoulという対義語をイコール（is）で結んだのでしょうか。この解釈については諸説ありますので、その一部をご紹介します。

- ◎　魔女の価値観が人間のそれと正反対であることを示している。
- ◎　利害が対立する者同士では善悪が逆になる。
- ◎　同一の人物、事象がfairからfoul、foulからfairに転化し得る。
- ◎　天気の良し悪しから明るいと暗い、さらには光と闇を意味する。

　勇将の誉れ高きマクベス。生来は人並みの良心を持っていた、この一人の人間が、魔女の予言にそそのかされ、妻の野心に後押しされ、王殺しの大罪を犯します。ドラマの進行は、殺害を実行する前後からマクベスの心理の変化を一直線に追っていきます。マクベスは殺す前にためらい、殺した後では恐怖に身もだえし、それでも先へ先へと進んでいかざるをえないのです。マクベスをつき動かすものは心の不安です。わが身の破滅を恐れるあまり却って自らすすんで、まっしぐらに破滅へとひた走るマクベス。不安感に心を引き裂かれ、自己矛盾に陥ったマクベスの姿は、現代に生きる私たちの胸に強烈な現実感をもって迫ってくるのではないでしょうか。

訳者あとがき

　本書をふくむシリーズ、「シェイクスピアっておもしろい！」は単なるあらすじ紹介の本ではありません。文中にはシェイクスピアの原文がいたるところに散りばめられています。世に広く知られるいわゆる「有名な台詞」もふんだんに盛りこまれています。端正な文体からは、シェイクスピア作品の香り、独特のユーモア、言葉あそびの楽しさが伝わってきます。お子さんたちが無理なく理解できる範囲で、みごとにシェイクスピアの世界を再現していると言えましょう。

　原文はシェイクスピアのリズムを伝えるべく、すべて二行連句（二行一組で脚韻を踏む韻文）で書かれています。翻訳では言語構造の壁にはばまれて語呂あわせや駄じゃれの醍醐味をじゅうぶんにお伝えできないのが、もどかしいかぎりです。なお翻訳にあたって、解釈に諸説あるシェイクスピア原文の引用箇所は、当然ながら本書著者の解釈に従いました。またシェイクスピア独特の表現や難解な比喩は、年齢を考慮して平易な訳文を心がけました。脚注については、文脈にそった語句の意味だけを記しました。語句によっては、古語や現在あまり使われていない古い語義もありますのでご注意ください。

　本書は国語や英語だけでなく、総合教育、情操教育の教材としても最適だと思います。活用方法は、手引きを参考になさってください。それ以外にもアイディア次第で使い方は無限に広がっていくことでしょう。

　この本に出会ったお子さんが、魅惑の世界に分け入ってシェイクスピアの素晴らしさを体感してくださることを願っています。

　　2007年6月

　　　　　　　　　　　　　　　　　　　　　　　　　　　　　鈴木扶佐子

訳者紹介

鈴木　扶佐子（すずき　ふさこ）
神奈川県横浜市に生まれる。慶應義塾大学文学部英文学科卒。
主な訳書・共訳書に『誇り高き日本人でいたい』(アートデイズ刊)、
『大歩行』『エヴェラルドを捜して』(新潮社刊) など。

参考文献

高橋康也・大場建治ほか編　『シェイクスピア辞典』(研究社2000)
大場建治　編・注釈　『研究社シェイクスピア選集：マクベス』(2004)
福田恆存　訳　『シェイクスピア全集：マクベス』(新潮社　昭和56年)
渋谷治美　著　『シェイクスピアの人間哲学』(花伝社1999)

ご注意

本書を公開の場で上演ご希望の場合、著者の許可を得る必要があります。
●連絡先●E-mail：lburdett@shakespearecanbefun.com

シェイクスピアっておもしろい!
こどものための マクベス

2007年8月1日　発行

著　者　ロイス・バーデット
訳　者　鈴木扶佐子
装　丁　静野あゆみ
発行者　宮島正洋
発行所　株式会社アートデイズ
　　　　〒160-0008 東京都新宿区三栄町17 四谷和田ビル
　　　　Tel 03-3353-2298
　　　　Fax 03-3353-5887
　　　　http://www.artdays.co.jp
印刷所　凸版印刷株式会社

乱丁・落丁本はお取替えいたします。

＜シェイクスピアって、おもしろい！＞シリーズ

Shakespeare Can Be Fun!

> 天才シェイクスピアの傑作を
> 子供のために書き直し、世界中で絶賛された
> バーデット先生の労作シリーズを翻訳刊行

ロイス・バーデット 著　　鈴木扶佐子 訳

5作品同時刊行！
各巻1800円（税込）

英文と日本語訳を対訳にして学習しやすくしました。

こどものための ハムレット
青年期の悩める人間像を描くシェイクスピアの最高傑作

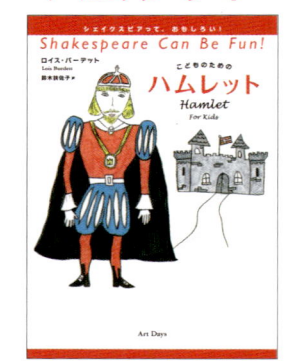

こどものための 夏の夜のゆめ
夢に操られた人々がつくり出す華麗なファンタジー

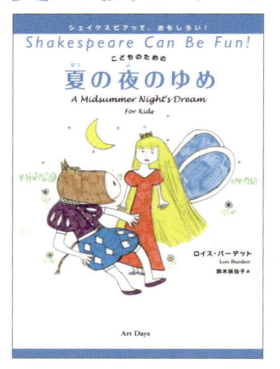

こどものための ロミオとジュリエット
時代を超え読み継がれてきた余りにもはかなく美しい恋物語

こどものための テンペスト
人間愛をうたいあげたシェイクスピア最晩年の大作

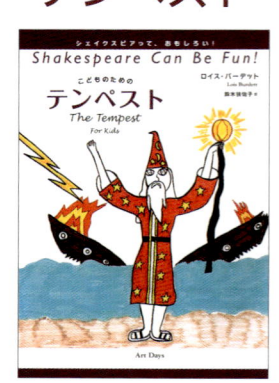

こどものための マクベス
罪の意識と良心の間で揺れる勇将の心理を描いた四大悲劇の一つ

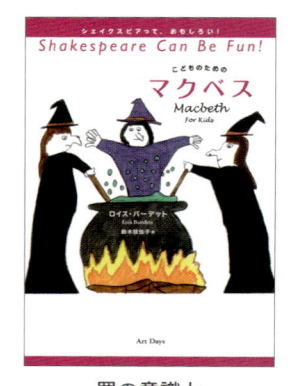